URUPÊS

Título – Urupês

ISBN 978.85-8186-360-3

Direção Editorial *Ethel Santaella*

REALIZAÇÃO

GrandeUrsa Comunicação

Direção *Denise Gianoglio*
Atualização de textos e Revisão *Rita Del Mônaco*
Projeto Gráfico e Diagramação *Idée Arte e Comunicação*
Pinturas: *reproduções fornecidas pelo CEDAE - Centro de Documentação Cultural Alexandre Eulalio - Instituto de Estudos da Linguagem - Universidade Estadual de Campinas*

Em respeito ao estilo do autor, foram mantidas as preferências ortográficas do texto original, modificando-se apenas os vocábulos que sofreram alterações nas reformas ortográficas.

Dados Internacionais de Catalogação na Publicação (CIP)
(Câmara Brasileira do Livro, SP, Brasil)

Lobato, Monteiro, 1882-1948
Urupês / Monteiro Lobato. -- São Paulo : Lafonte, 2019.

ISBN 978-85-8186-360-3

1. Contos brasileiros I. Título.

9-26716 CDD-B869.3

Índices para catálogo sistemático:

1. Contos : Literatura brasileira B869.3

Cibele Maria Dias - Bibliotecária - CRB-8/9427

Editora Lafonte

Av. Profª Ida Kolb, 551, Casa Verde, CEP 02518-000, São Paulo-SP, Brasil
Tel.: (+55) 11 3855-2100, CEP 02518-000, São Paulo-SP, Brasil
Atendimento ao leitor (+55) 11 3855- 2216 / 11 – 3855 – 2213 – atendimento@editoralafonte.com.br
Venda de livros avulsos (+55) 11 3855- 2216 – vendas@editoralafonte.com.br
Venda de livros no atacado (+55) 11 3855-2275 – atacado@escala.com.br

MONTEIRO LOBATO

URUPÊS

Lafonte

O AUTOR

Monteiro Lobato (1882-1948) foi muitos homens num só. Fundador da literatura infantil brasileira com a turma do Sítio do Picapau Amarelo, teve, como editor e empresário, papel decisivo na construção da indústria editorial no país. Tradutor, verteu para o português obras de autores como Lewis Carroll, Ernest Hemingway e Mark Twain. Foi de jornalista a adido comercial em Nova York e editor em Buenos Aires; de promotor de justiça a fazendeiro de café, investidor em estradas de ferro e prospecção de petróleo.

Crítico de arte, também se arriscou como artista plástico – um sonho da juventude interrompido pela imposição familiar para estudar Direito. "No fundo não sou literato, sou pintor", escreveu em 1909. "Minha impressão dominante é puramente visual". Substituído o sonho, mas não a prática, deixou os desenhos e aquarelas que acompanham esta edição – pistas de uma obra que, nas paisagens ou na dicção, sempre ecoaram a origem em Taubaté, interior de

São Paulo, e que permaneceu como trilha de um projeto de superação do Brasil em busca da modernidade.

Foi em 1914 que o escritor – então na pele de fazendeiro – mostrou suas credenciais em defesa do progresso. Em uma carta intitulada *Velha Praga,* endereçada à redação do jornal *O Estado de São Paulo,* criticou pela primeira vez o "atraso" do caboclo brasileiro, com sua mania de destruir terras cultiváveis com queimadas. Gestava-se, nessa argumentação, seu primeiro livro, *Urupês.* Lançado em 1918, o volume de contos – ilustrado pelo próprio Lobato com suas pinturas – colocou em cena o personagem Jeca Tatu, personificação do camponês atrasado de um Brasil idem.

O livro foi citado por Rui Barbosa em sua campanha presidencial e vendeu impressionantes 30 mil exemplares. Já na segunda edição, a mão pesada sobre o caipira rendeu um pedido de desculpas – o que marcaria uma nova fase de Lobato, atento ao descaso do Estado com a população. "E aqui aproveito o lance para implorar perdão ao pobre Jeca. Eu ignorava que eras assim, meu Tatu, por motivos de doença". Logo depois, decretava: "Jeca Tatu não é assim; está assim. Vítima, não responsável pelo atraso do Brasil".

A esta altura já se podia vislumbrar outros motores da obra de Lobato. Ele marcou a distância da sua prosa com o linguajar enfeitado dos romances realistas urbanos do Rio de Janeiro. Em seu lugar, adotou a fala caipira – a "desliteralização", na expressão do professor Antonio Candido, que seria uma das pedras de toque do Movimento Modernista – ainda que Lobato e a turma da Semana de 22 não se entendessem nada bem.

O mote das forças atrasadas do país – quaisquer que fossem elas – se repetiria em outras narrativas. Em *Cidades Mortas* (1919), se debruça sobre a decadência da economia cafeeira. No ano seguinte, *Negrinha* introduz a perversidade da herança escravista, chumbo nas pernas do progresso. Nos anos 20, em *O Macaco Que Se Fez Homem* (1923), o escritor mantém no primeiro plano o caipira, mas a referência a Darwin no título revela o dublê de cientista na pele do escritor-pintor.

Desse ponto em diante, é inevitável aproximar Lobato de ideias eugenistas que, a seu ver, faziam sentido na superação da nossa "jecatatuíce". Na origem, tratava-se não de uma visão primordialmente racista, mas da percepção de uma estirpe de homens degenerada pela miséria e o abandono. Contudo, a biologia com verniz sociológico, em torno da ideia de "purificação", colocou Lobato em um terreno perigoso – e as expressões racistas nas histórias infantis são a prova disso.

É assim que, em 1926, ele lança *O Choque das Raças* – anos depois rebatizado de *O Presidente Negro*. Quase 80 anos antes de Barack Obama chegar à Casa Branca, o protagonista da história vê uma nação dividida pelo "choque de raças" quando o negro Jim Roy é eleito presidente. O livro cristalizava um repúdio à miscigenação brasileira, contraposta à segregação americana. Uma nódoa na tela de quem sabia como dar cor à imaginação ao representar a dura vida do homem comum.

O fato é que as polêmicas também são marcas da variada produção de Lobato. No prefácio da primeira edição de *Urupês*, quando tudo começou, o cientista Artur Neiva dá crédito à leitura que Lobato havia formulado sobre si mesmo – e aponta o que tornaria sua obra tão importante um século depois: "Há em seu estilo todas as cores da palheta do pintor. E a pintura escrita de Monteiro Lobato é excepcionalmente boa – larga, sem insistência em detalhes inúteis e de pinceladas elegantes".

Lobato pintor

“No fundo não sou literato, sou pintor. Nasci pintor, mas como nunca peguei nos pincéis a sério (...) arranjei este derivativo de literatura, e nada mais tenho feito senão pintar com palavras.”

O roto e o esfarrapado
Desenho em nanquim com aquarela

Fazenda Chapadão
Pintura em aquarela

Igreja do Rosário
Desenho em bico de pena

Vista do Forte São João
Pintura em aquarela

Paisagem rural
Desenho em nanquim

Homem com gramofone
Pintura em aquarela

Os faroleiros
Pintura em aquarela

Casa velha
Pintura em aquarela

Vista de casas rurais
Reprodução fotomecânica

Sumário

Os faroleiros*

1915

Navio?

Dava azo à dúvida uma luz vermelha a piscar na escuridão da noite. Escuridão, não direi de breu, que não é o breu de sobejo escuro para referir um negror daqueles. De cego de nascença, vá.

Céu e mar fundia-os um só carvão, sem fresta nem pique além da pinta vermelha que, súbito, se fez amarela.

– Lá mudou de cor. É farol.

E, como era farol, a conversa recaiu sobre faróis. Eduardo interpelou-me de chofre sobre a ideia que eu deles fazia.

* O conto *Os faroleiros* foi publicado na *Revista do Brasil*, nº 20, de agosto de 1917, sob o título de *Cavaleria rusticana*. Em uma carta a Godofredo Rangel, Lobato explica a mudança: "Minha Cavaleria rusticana, que vou mudar para Os faroleiros porque toda gente confunde 'cavaleria' com 'cavalaria' (que cavalos!)..."

– A ideia de toda gente, ora essa!

– Quer dizer, uma ideia falsa. "Toda gente" é um monstro com orelhas de asno e miolos de macaco, incapaz duma ideia sensata sobre o que quer que seja. Tens na cabeça, respeito a farol, uma ideia de rua, recebida do vulgo e nunca recunhada na matriz das impressões pessoais. Erro?

– Confesso-me capaz de abrir a boca a um auditório de casaca, se me desse na telha discursar sobre o tema; mas não afianço que o farol descrito venha a parecer-se com algum...

– Pois eu te asseguro, sem fazer pouco no teu engenho, que tal conferência, ouvida por um faroleiro, poria o homem de olho parvo a dizer como o outro: "Se percebo, sebo!".

– Acredito. Mas perceberia melhor uma tua? – retorqui abespinhado.

– É de crer. Já vivi uma inesquecível temporada no farol dos Albatrozes e falaria de cadeira.

– Viveste em farol?!... – exclamei com espanto.

– E lá fui comparsa numa tragédia noturna de arrepiar os cabelos. O escuro desta noite evoca-me o tremendo drama...

Estávamos ambos de bruços na amurada do *Orion*, em hora propícia ao esbagoar dum dramalhão inédito. Esporeado na curiosidade, provoquei-o.

– Vamos ao caso, que estes negrumes clamam por espectros que o povoem. É calamidade à Shakespeare ou à Ibsen?

– Assina o meu drama um nome maior que o de Shakespeare...

– ???

– ... a Vida, meu caro, a grande mestra dos Shakespeares maiores e menores.

Eduardo começou do princípio.

– O farol é um romance. Um romance iniciado na antiguidade com as fogueiras armadas nos promontórios para norteio das embarcações de remo e continuado séculos em fora até nossos possantes holofotes elétricos. Enquanto subsistir no mundo o homem, o romance "Farol" não conhecerá epílogo. Monótono como as calmarias, embrecham-se nele, a espaços, capítulos de tragédia e loucura – pungentes gravuras de Doré quebrando a monotonia de um diário de bordo. O caso dos Albatrozes foi um deles. Gerebita meteu-se no farol aos vinte e três anos. É raro isso.

— Quem é Gerebita?

– Sabê-lo-ás em tempo. É raro isso porque no geral só se metem nas torres homens maduros, quarentões batidos pela vida e descrentes das suas ilusões. Deixar a terra na quadra verdolenga dos vinte anos é apavorante. A terra!... Nós mal damos tento da nossa profunda adaptação ao meio terreno. A sua fixidez, o variegado de aspectos, o bulício humano, a caridade, os campos, a mulher, as árvores... Conhecem os faroleiros melhor do que ninguém o valor dessas teias. Enlurados num bioco de pedra, tudo quanto para nós é sensação de todos os instantes neles é saudade ou desejo. Cessam os ouvidos de ouvir a música da terra, rumorejo de arvoredo, vozes amigas, barulho de rua, as mil e uma notas duma polifonia que nós sabemos que o é, e encantadora, unicamente quando a segregação prolongada nos ensina a lhe conhecer o valor. Cessam os olhos de rever as imagens que desde a meninice lhes são habituais. Para os ouvidos só há ali, dia e noite, ano e ano, o marulho das ondas às chicotadas no enrocamento da torre; e para a vista, a eterna massa que ondula, ora torva, ora azul. Variantes únicas, as velas que passam de largo, donairosas como garças, ou os transatlânticos penachados de fumo. Figura a vida de um homem arrancado à querência e assim posto, qual triste galé, dentro duma torre de pedra, grudada como craca a um ilhéu. Terá poesia de longe; de perto é alucinante.

– Mas Gerebita...

– Uma leitura de Kipling despertara-me a curiosidade de conhecer um farol por dentro.

– *O Perturbador do Tráfego...*

– Parabéns pela argúcia. Foi justamente a história do Dowse o ponto inicial do meu drama. Esse desejo incubou-se-me cá dentro à espera da ocasião para brotar.

Certo dia fui espairecer ao cais – e lá estava, de mãos às costas, a seguir o voo dos joões-grandes e a notar a gama dos verdes luzentes que a sombra dos barcos ondeia na água represada dos portos, quando uma lancha abicou, e vi descer um homem de feições duras e pele encorreada. Ao passar por um magote de catraeiros um deles chasqueou em tom insinuativo:

– "Gerebita, como vai Maria Rita?"

O desembarcadiço rosnou um palavrão calibre, e seguiu caminho, de sobrecenho carregado. Interessou-me aquele tipo.

– "Quem é?" – indaguei.

– "Pois quem há de ser senão o faroleiro dos Albatrozes? Não vê a lancha?"

De fato, a lancha era do farol. A velha ideia deu-me cotoveladas: é hora! Fui-lhe no encalço.

– "Sr. Gerebita!..."

O homem entreparou, como admirado de ouvir-se nomear por boca desconhecida. Emparelhei-me com ele e, enquanto andávamos, fui-lhe expondo os meus projetos.

– "Não pode ser" – respondeu; – "o regulamento proíbe sapos na torre. Só com ordem superior."

Ora, eu tenho corrido mundo, sei que marosca é essa de ordens superiores. Meti a mão no bolso e cochichei-lhe o argumento decisivo. O faroleiro relutou uns instantes, mas corrompeu-se mais depressa do que esperei. Guardou o dinheiro e disse:

– "Procure Dunga, patrão da *Gaivota Branca*, terceiro armazém. Diga-lhe que já falou comigo. De quinta-feira em diante. E bico, veja lá!"

Prometi-lhe caladíssimo, e tornei ao cais à cata de Dunga. Que sim – foi a resposta do catraeiro, ilhéu palavroso, logo que expus o negócio –, já fizera isso certa vez a "outro maluco" e sabia prender a língua para não atazanar a vida aos amigos. E como me informasse do faroleiro:

– "É Gerebita, de apelido ganho no *Purus*, onde serviu como grumete. Ao depois se meteu na lanterna, por amor de amores, o alarve, como se faltassem elas por aí, e bem catitas. Mulheres! A mim é que não me empecem, não, as songuinhas. O demo que as tolha que eu..."

E foi pelas mulheres além, a dar de rijo, com razões nem melhores nem piores que as de Schopenhauer.

No dia aprazado, antemanhã, a *Gaivota* largou de rumo ao farol. Saltei num rude atracadouro de difícil abordagem, e encontrei o faroleiro ocupado em polir os metais da lanterna. Recebeu-me de boa sombra, largando o esfregão para fazer as honras da casa. Examinei tudo, dos alicerces ao lanternim, e à hora do almoço já entendia de farol mais que uma enciclopédia. Gerebita deu trela à língua e falou do ofício com melancólica psicologia. Também contou sua vida desde menino, a grumetagem no *Purus*, sua paixão pelo mar e por fim a entrada para o farol aos vinte e três anos de idade.

– "Por que assim tão moço?"

– "Caprichos do coração, má sorte, coisas..."- respondeu com ar triste; e acrescentou após uma pausa, mudando de tom: – "Pois a vida é cá isto que vê. Boazinha, hein? Entretanto, boa ou má, temos, os faroleiros, um orgulho: sem nós, essa bicharada de ferro que passeia nas águas fumando seus dois, seus três charutos..."

– "Lá vem um!" – interrompeu-se, fisgando com a luneta uma fumaça remota. – "Bandeira alemã... duas chaminés... rumo Sul... Há de ser um 'Cap' – o *Trafalgar*, talvez. Seja lá que diabo for, vá com Deus. Mas, como ia dizendo, sem os faroleiros a manobrarem a 'óptica', esses comedores de carvão haviam de rachar atoinha aí pelos bancos de areia. Basta cair a cerração e já se põem tontos, a urrar de medo pela boca das sereias, que é mesmo um cortar a alma à gente. Porque então nem farol nem caracol. É a cegueira. Navegam com a Morte no leme. Fora disso, salva-os o foguinho lá de cima. Pouco antes de minha entrada para aqui houve desgraça. Um cargueiro da Bremen rachou o bico ali no Capelão... Quem é o Capelão? Ah! ah! ah! O Capelão... Pois o Capelão é o raio da terceira pedra a boreste. São três deste lado, a Menina, que é a primeira, a Curutuba, que é a do meio. A criminosa é o Capelão, que reponta mais ao largo e só mostra a coroa nas grandes vazantes. Cá a bombordo ainda há duas, a Virgem e a Maldita, onde bateu o cargueiro *Rotterdam*."

– E aquela lisinha, acolá?"

– "Uma coitada que nem nome tem. É mansa, está muito perto da terra, não faz mal a navio. Ali mora um anequim[1] bichanca de tamanho do diabo, que gosta de virar canoas. Mas, aqui para nós, moço, isso é embromação. Peixe mora em todo o mar, não tem toca como bicho de terra. É abusão de pescador. Quando há mar, não se enxerga nada por ali; mas se a água é serena e vem vindo a vazante, vai aparecendo um lombo de pedra lisa com jeito de peixe. Passa um pescador atolambado, vê aquilo de longe. "É anequim! É anequim!" E toca a safar, com o medão na alma. Se acontece embravecer a água, e dá temporal, e a canoa vira: 'Que é de Fulano?' Tá, tá, tá, foi o

1. Espécie de tubarão.

anequim! Toda gente pega, feito mulher velha. 'Foi o anequim do farol!' Ora aí está como são as coisas. Há muito anequim e tintureira[2] por aqui. Onde é mar sem cação? Mas dizer que um tal mora aqui ou ali, isso é embroma."

E na sua pinturesca linguagem de marítimo, que às vezes se tomava prodigiosamente técnica, narrou-me toda a história daquelas paragens malditas. Falou de como, segundo a tradição, se foram batizando os arrecifes; falou dos crimes de cada um; das hecatombes periódicas de aves noturnas que, cegadas pela luz, batem de peito contra os vidros da lanterna, juncando o chão de corpinhos latejantes; das medonhas tormentas nas quais o farol estremece como a tiritar de pavor. De que não falou Gerebita naquele inesquecível dia?

– "E o ajudante? Tem-no cá?" – perguntei.

O rosto do meu faroleiro mudou de expressão. Vi de relance que eram inimigos.

– "É aquele estupor que lá pesca – disse apontando da janela ao vulto imóvel, acocorado num penedo. – 'Está a apanhar garoupinhas. É Cabrea. Mau companheiro, mau homem..."

Entreparou. Percebi que mascava uma confidência difícil. Mas a confidência denunciou-se apenas. Gerebita sacudiu a cabeça e murmurou como de si para si:

– "Está cá de pouco, e é o único homem no mundo que não podia cá estar. Já reclamei do capitão do porto, já mostrei o perigo. Mas, qual!..."

Estranha criatura, o homem! Insulados do mundo naquela frágua, ambos náufragos da vida, o ódio os separava... Não faltavam no farol, entretanto, acomodações para as famílias dos seus guardiães. Por que não as tinham ali? Seria um bocado de mundo a lenir as agruras do emparedamento. Interpelei-o; Gerebita retrucou-me de modo enviesado.

– "Família não tenho, isto é, tenho e não tenho. Tenho, porque sou casado, e não tenho porque... Histórias! Estas coisas de famílias é bom que fiquem com a gente."

Notei de novo que a pique duma revelação mascava o segredo por desconfiança ou pudor. Suas feições endureceram. Sombras más anuvearam-lhe a

2. Espécie de tubarão.

fisionomia. E mais torvo ainda me pareceu quando Cabrea entrou sobraçando um balaio de pescado. Tipo de má cara, passou em direitura à cozinha sem nos volver um olhar. Mal se sumiu, Gerebita exclamou: "Raio do diabo!", assentando num caixote expiatório um murro de fender pinho. Depois:

– "O mundo é tão grande, há tanta gente no mundo, e cai-me aqui justamente o único ajudante que eu não podia ter..."

– "Por quê?"

– "Por quê?... Porque... é um louco."

Entre o primeiro e o segundo "porque" notei transição radical. Dúbio o primeiro, o segundo afigurou-se-me resoluto, como iluminado pelo clarão duma ideia brotada no momento.

Desde esse dia nunca mais o faroleiro abandonou o tema da loucura do outro. Demonstrava-me de mil maneiras.

– "E aqui onde até os sãos perdem a tramontana – argumentava ele – um já assim rachado de telha aos três por dois rebenta como bomba no fogo. Eu jogo que ele não vara o mês. Não vê seus modos?"

Metade por sugestão, metade por observação leviana, razoável me pareceu a profecia; e como sem cessar Gerebita malhasse na mesma tecla, acabei por convencer-me de que o casmurro ajudante era um fadado ao hospício, com pouco tempo de equilíbrio nos miolos.

Um dia Gerebita abordou a questão nestes termos:

– "Quero que o senhor me resolva um caso. Estão dois homens numa casa; de repente um enlouquece e rompe, como cação esfomeado, para cima do outro. Deve o outro deixar-se matar como carneiro ou tem o direito de atolar a faca na garganta do bicho?"

Era por demais clara a consulta. Respondi como um rábula positivo:

– "Se Cabrea enlouquecesse e o agredisse, matá-lo seria um direito natural de defesa – não havendo socorro à mão. Matar para não morrer não é crime – mas isto só em último caso, você compreende."

– "Compreendo, compreendo" – respondeu-me distraidamente, como quem lá segue os volteios duma ideia secreta; e depois de longa pausa: – "Seja o que Deus quiser" – murmurou entre si, suspirando e recaindo em cismas.

Deixei-me ficar à janela a ver cair a noite. Nada mais triste do que as ave-marias no ermo. A treva espessava as águas e absorvia no céu os derradeiros palores da luz. No poente, um leque aluarado enrubescia nas varetas, com dedadas sangrentas de nuvens a barrá-lo de listrões horizontais.

Triste...

A ardósia do mar; as primeiras estrelinhas entreluzindo a medo; o marulho na pedra, *tchá, tchá*, compassado, eterno... A alma confrangeu-se-me de angústia. Vi-me náufrago, retido para sempre num navio de pedra, grudado como desconforme craca na pedranceira da ilhota. E pela primeira vez na vida senti profundas saudades dessa coisa sórdida, a mais reles de quantas inventou a civilização – o "café", com o seu tumulto, a sua poeira, o seu bafio a tabaco e a sua freguesia habitual de vagabundíssimos "agentes de negócios"...

Correram dias. Minto. No vazio daquele dessaborido viver no ermo o tempo não corria – arrastava-se com a lentidão da lesma por sobre chão liso e sem fim. Gerebita tornara-se enfadonho. Não mais narrava pinturescos incidentes da sua vida de marujo. Aferrado à ideia fixa da loucura de Cabrea, só cuidava de demonstrar-me os seus progressos. Fora desse tema sinistro, sua ocupação era seguir de olhos os navios que repontavam ao largo, até vê-los sumirem-se na curva do horizonte.

Velas, poucas alvejavam, tirante barquinhas de pescadores. Mas uma que surgisse lá nos levava os olhos e a imaginação. Como se casa bem com o mar o barco de vela! E que sórdido baratão craquento é ao pé dele o navio a vapor!

Escumas, corvetas, pequeninos *cutters*, fragatas, lugres, brigues, iates... O que lá vai passado de leveza e graça!... Substituem-nas, às garças leves, os feios escaravelhos de ferro e piche; a elas, que viviam de brisas, os negros comedores de carvão, bicharocos que mugem roncos de touro enrouquecido.

Progresso amigo, tu és cômodo, és delicioso, mas feio... Que fizeste da coisa linda que é a vela enfunada? Do barco à antiga, onde ressoavam canções de maruja, e todo se enleava de cordame, e trazia gajeiro na gávea, e lendas de serpentes marinhas na boca dos marinheiros, e a Nossa Senhora dos Navegantes em todas as almas, e o medo das sereias em todas as imaginações?

Desfez-se a poesia do reino encantado de Anfitrite ao ronco dos *Lusitanias*, hotéis flutuantes com garçons em vez de "lobos do mar", incaracterísticos, cosmopolitas, sem donaire, sem capitães de suíças pitorescos no falar como seiscentos milhões de caravelas. O fumo da hulha sujou a aquarela maravilhosa que desde Hanon e Ulisses vinha o veleiro pintando sobre a tela oceânica...

– Se paras o caso dos loucos e te metes por intermezzos líricos para uso de meninas olheirudas, vou dormir. Volta ao farol, romanticão de má morte.

– Eu devia castigar o teu prosaísmo sonegando-te o epílogo do meu drama, ó filho do "café" e do carvão!

– Conta, conta...

Certa tarde Gerebita chamou minha atenção para o agravamento da loucura de Cabrea, e aduziu várias provas concludentes.

– "Queira Deus não seja hoje!..."

– "Tens medo?"

– "Medo? Eu? De Cabrea?"

Queria que visses a estranha expressão de ferocidade que lhe endureceu o rosto!...

A conversa parou aí. Gerebita chupava cachimbadas nervosas, fechado de sobrecenho como quem rumina uma ideia fixa. Deixou-me, e logo em seguida subiu. Como anoitecesse, recolhi-me pouco depois e deitei-me. Dormi e sonhei. Sonhei um sonho guinholesco, agitadíssimo, com lutas, facadas, o diabo. Lembro-me de que, agredido por um facínora, desfechei contra ele cinco tiros de revólver; as balas, porém, grudaram-se à parede e deram de ressoar dum modo que me despertou. Mas acordado continuei a ouvir o mesmo barulho, vindo de cima, da lanterna.

Pressinto a catástrofe esperada. Salto da cama e aguço o ouvido: barulho de luta. Corro à escada, galgo-a aos três degraus e no topo esbarro com a porta fechada. Tento abri-la: não cede. Escuto: era de fato luta. Rolavam corpos pelo chão, fazendo retinir os vidros da lanterna, e ouvia-se um resfolego surdo, entremeado de embates contra os móveis. Trevas absolutas. Nenhuma réstia de luz coava para a escada.

Minha situação era esquerda. Ficar ali, inútil, quando portas adentro dois homens se entrematavam? Permanecia eu nessa dubiedade, quando um choque violento escancarou-me a porta. Um clarão de sol chofrou-me os olhos. Senti nas pernas um tranco – e rodei escada abaixo de cambulha com dois corpos engalfinhados. Ergui-me, tonto, e vi em rebolo no chão os dois faroleiros.

Atirei-me à luta em auxílio de Gerebita.

– “Dois contra um!” – gemeu Cabrea, sufocado. – “É covardia!”

Pela primeira vez lhe ouvi a voz – e hoje noto que nada nela denunciava loucura. No momento pensei diversamente, se é que pensei alguma coisa. Gerebita, com grande assombro meu, também me repeliu.

– “Não! Não! Eu só!”

Nisto, um pegão de nortada, varrendo a torre, trancou a porta do lanternim com estrondo. Envolveu-nos de novo a escuridão.

E começa aqui o horror... Os rugidos que ouvi, os arrancos e sacões formidáveis da luta nas trevas, a minha ansiedade... Pavorosos minutos de vida que não desejo renovados.

Perdi a noção do tempo. Durou muito aquilo? Não sei dizer. Só sei que a tantas ouvi escapar-se ao peito de Gerebita um urro de dor, e logo em seguida uma imprecação – “Desgraçado!” – cujas derradeiras sílabas morreram num trincar de dentes atassalhando carnes. Cabrea grugulejou uns roncos que se casaram com o arquejar do peito de Gerebita, e a luta esmoreceu.

Sem palavras na boca, cegado pela escuridão, eu só ouvia, fora, os uivos da nortada, e ali, aquele arquejo do vencedor exausto caído à beira do vencido. Com os olhos da imaginação eu via esse quadro, que com os da cara enxergava tanto como se os tivera envoltos em veludo negro.

Não te conto os pormenores do epílogo. Obtive luz e o que vi não te conto. Impossível pintar o hediondo aspecto de Cabrea com a carótida estraçalhada a dente, caído num lago de sangue. Ao seu lado Gerebita, com a cara e o peito vermelhos, a mão sangrenta, estatelava-se no chão, sem sentidos. Os meus transes diante daqueles corpos martirizados, àquela hora da noite – daquela terrível noite negra como esta e sacudida por um vento do inferno!...

Na manhã seguinte Gerebita pousou-me a mão sobre o ombro e disse:

– “O mar não leva daqui os corpos à praia e o mundo não precisa saber de que morreu Cabrea. Caiu n’água – morte de marinheiro, e o moço é testemunha de que matei para não morrer. Foi defesa. Agora vai jurar-me que isto ficará para sempre entre nós.”

Jurei-o lealmente, tocando de leve a mão mutilada. E ele, num acesso de infinito desalento, quedou-se imóvel, a olhar para o chão, murmu-rando insistentemente:

– "Eu bem avisei. Não me acreditaram. Agora, está aí, está aí, está aí..."

Nesse mesmo dia veio buscar-me Dunga. Mal a *Gaivota* largou, narrei-lhe a morte do faroleiro, romanceando-a: Cabrea, louco, a despenhar-se torre abaixo e a sumir-se para sempre no seio das ondas.

Dunga, assombrado, susteve no ar os remos.

– "Pois morreu? E louco?"

– "Está claro!"

– "Claro que lhe parece, que a mim..."

– "Conhecia-o?"

– "Não conhecia outra coisa. Desde que furtou Maria Rita..."

– "Que Maria Rita?"

– "Pois Maria Rita, mulher do Gerebita, então não sabe? Que ele seduziu, homessa."

Abri a minha maior boca e arregalei o que pude os olhos.

– "Como sabe disso?"

– "É boa! Sei porque sei, como sei que aquela gaivota que ali vai é uma e que este mar é mar. Maria Rita era uma morena de truz, perigosa como o demo. O tolo do Gerebita derreou-se de amores pela bisca e lá casou. E vai ela, a songuinha, mal o homem saía no *Purus*, metia em casa Cabrea. E nesse jogo viveram até que um dia fugiram juntos para outras terras. O pobre Gerebita se não acabou de paixão é que era teso. Mas entrou para o farol, o que é também um modo de morrer pro mundo. Pois bem. A bola vira, o tempo corre, e vai, senão quando, quem mete o Governo no farol em lugar do defunto Gabriel? Cabrea! Cabrea que também andava descrente da vida porque Rita lhe fugira com terceiro. Coisas do mundo. Diz-me agora vossoria que o homem enlouqueceu, e rolou do penedo, e lá o roi o peixe. Está bem. Antes assim, que do contrário era em ponta de faca que aquilo acabaria..."

Calei-me. Há situações na vida que as ideias embaralham de tal forma que é de bom conselho deixarmo-las se assentarem por si. Eis como...

– ... o meu grande amigo Eduardo foi empulhado por um assassino vulgar!

– Perdão. O fato de se não manejarem floretes não tira àquele pugilato o caráter de duelo.

– "Cavaleria rusticana", então?

– E por que não?

O engraçado arrependido*

1916

Francisco Teixeira de Souza Pontes, galho bastardo duns Souza Pontes de trinta mil arrobas afazendados no Barreiro, só aos trinta e dois anos de idade entrou a pensar seriamente na vida.

Como fosse de natural engraçado, vivera até ali à custa da veia cômica, e com ela amanhara casa, mesa, vestuário e o mais. Sua moeda corrente eram micagens, pilhérias, anedotas de inglês e tudo quanto bole com os músculos faciais do animal que ri, vulgo homem, repuxando risos ou matracolejando gargalhadas.

Sabia de cor a *Enciclopédia do Riso e da Galhofa* de Fuão Pechincha, o autor mais dessaborido que Deus botou no mundo; mas era tal a arte do Pontes,

* O conto *O engraçado arrependido* foi publicado na *Revista do Brasil*, nº 16, de abril de 1917, com o título de *A gargalhada do coletor*.

que as sensaborias mais relambórias ganhavam em sua boca um chiste raro, de fazer os ouvintes babarem de puro gozo.

Para arremedar gente ou bicho, era um gênio. A gama inteira das vozes do cachorro, da acuação aos caititus ao uivo à lua, e o mais, rosnado ou latido, assumia em sua boca perfectibilidade capaz de iludir aos próprios cães – e à lua.

Também grunhia de porco, cacarejava de galinha, coaxava de untanha, ralhava de mulher velha, choramingava de fedelho, silenciava de deputado governista ou perorava de patriota em sacada. Que vozeio de bípede ou quadrúpede não copiava ele às maravilhas, quando tinha pela frente um auditório predisposto?

Descia outras vezes à pré-história. Como fosse de algumas luzes, quando os ouvintes não eram pecos ele reconstituía os vozeirões paleontológicos dos bichos extintos – roncos de mastodontes ou berros de mamutes ao avistarem-se com peludos Homos repimpados em fetos arbóreos – coisa muito de rir e divulgar a ciência do sr. Barros Barreto.

Na rua, se pilhava um magote de amigos parados à esquina, aproximava-se de mansinho e – *nhoc!* – arremessava um bote de munheca à barriga da perna mais a jeito. Era de ver o pinote assustado e o "Passa!" nervoso do incauto, e logo em seguida as risadas sem fim dos outros, e a do Pontes, o qual gargalhava dum modo todo seu, estrepitoso e musical – música de Offenbach.

Pontes ria parodiando o riso normal e espontâneo da criatura humana, única que ri além da raposa bêbeda; e estacava de golpe, sem transição, caindo num sério de irresistível cômico.

Em todos os gestos e modos, como no andar, no ler, no comer, nas ações mais triviais da vida, o raio do homem diferençava-se dos demais no sentido de amolecá-los prodigiosamente. E chegou a ponto de que escusava abrir a boca ou esboçar um gesto para que se não torcesse em risos a humanidade. Bastava sua presença.

Mal o avistavam, já as caras refloriam; se fazia um gesto, espirravam risos; se abria a boca, espigaitavam-se uns, outros afrouxavam os coses, terceiros desabotoavam os coletes. E se entreabria o bico, Nossa Senhora!, eram cascalhadas, eram rinchavelhos, eram guinchos, engasgos, fungações e asfixias tremendas.

– É da pele, este Pontes!

– Basta, homem, você me afoga!

E se o pândego se inocentava, com cara palerma:

– Mas que estou fazendo? Se nem abri a boca...

– Quá, quá, quá – a companhia inteira, desmandibulada, chorava no espasmo supremo dos risos incoercíveis.

Com o correr do tempo não foi preciso mais que seu nome para deflagrar a hilaridade. Pronunciando alguém a palavra "Pontes", acendia-se logo o estopim das fungadelas pelas quais o homem se alteia acima da animalidade que não ri.

Assim viveu Pontes até a idade de Cristo, numa parábola risonha, a rir e fazer rir, sem pensar em nada sério – vida de filante que dá momos em troca de jantares e paga continhas miúdas com pilhérias de truz.

Um negociante caloteado disse-lhe um dia entre frouxos de riso babado:

– Você ao menos diverte, não é como o major Carapuça que caloteia de carranca.

Aquele recibo sem selo mortificou seu tanto ao nosso pândego; mas a conta subia a quinze mil réis – valia bem a pelotada. Entretanto, lá ficou a lembrança dela espetada como alfinete na almofadinha do amor próprio. Depois vieram outros e outros, estes fincados de leve, aqueles até a cabeça.

Tudo cansa. Farto de tal vida, entrou o hilarião a sonhar as delícias de ser tomado a sério, falar e ser ouvido sem repuxo de músculos faciais, gesticular sem promover a quebra da compostura humana, atravessar uma rua sem pressentir na peugada um coro de "Lá vem o Pontes!" em tom de quem se espreme na contenção do riso ou se ajeita para uma barriga das boas.

Reagindo, tentou Pontes a seriedade.

Desastre.

Pontes sério mudava de tecla, caía no humorismo inglês. Se antes divertia como o Clown, passava agora a divertir como o Tony.

O estrondoso êxito do que a toda a gente se afigurou uma faceta nova da sua veia cômica verteu mais sombras na alma do engraçado arrependido. Era certo que não poderia traçar outro caminho na vida além daquele, ora odioso? Palhaço, então, eternamente palhaço à força?

Mas a vida de um homem feito tem exigências sisudas, impõe gravidade e até casmurrice dispensáveis nos anos verdes. O cargo mais modesto da administração, uma simples vereança, requer na cara a imobilidade da idiotia que não ri. Não se concebe vereador risonho. Falta ao dito de Rabelais uma exclusão: o riso é próprio à espécie humana, fora o vereador.

Com o dobar dos anos a reflexão amadureceu, o brio cristalizou-se, e os jantares cavados deram a saber-lhe a azedo. A moeda pilhéria tornou-se-lhe dura ao cunho; já a não fundia com a frescura antiga; já usava dela como expediente de vida, não por folgança despreocupada, como outrora. Comparava-se mentalmente a um palhaço de circo, velho e achacoso, a quem a miséria obriga a transformar reumatismo em caretas hílares como as quer o público pagante.

Entrou a fugir dos homens e despendeu bons meses no estudo da transição necessária ao conseguimento de um emprego honesto. Pensou no balcão, na indústria, na feitoria duma fazenda, na montagem dum botequim – que tudo era preferível à paspalhice cômica de até ali.

Um dia, bem maturados os planos, resolveu mudar de vida. Foi a um negociante amigo e sinceramente lhe expôs os propósitos regeneradores, pedindo por fim um lugar na casa, de varredor que fosse. Mal acabou a exposição, o galego e os que espiavam de longe à espera do desfecho torceram-se em estrondoso gargalhar, como sob cócegas.

– Esta é boa! É de primeiríssima! Quá! quá! quá! Com que então... Quá! quá! quá! Você me arruína os fígados, homem! Se é pela continha dos cigarros, vá embora que me dou por bem pago! Este Pontes tem cada uma...

E a caixeirada, os fregueses, os sapos de balcão e até passantes que pararam na calçada para "aproveitar o espírito", desbocaram-se em "quás" de matraca até lhe doerem os diafragmas.

Atarantado e seríssimo, Pontes tentou desfazer o engano.

– Falo sério, e o senhor não tem o direito de rir-se. Pelo amor de Deus não zombe de um pobre homem que pede trabalho e não gargalhadas.

O negociante desabotoou o cós da calça.

– Fala sério, pff! Quá! quá! quá! Olha, Pontes, você...

Pontes largou-o em meio da frase e se foi com a alma atenazada entre o desespero e a cólera. Era demais. A sociedade o repelia, então? Impunha-lhe uma comicidade eterna?

Correu outros balcões, explicou-se como melhor pôde, implorou. Mas por voz unânime o caso foi julgado como uma das melhores pilhérias do "incorrigível" – e muita gente o comentou com a observação do costume:

– Não se emenda o raio do rapaz! E olhem que já não é criança...

Barrado no comércio, voltou-se para a lavoura. Procurou um velho fazendeiro que despedira o feitor e expôs-lhe o seu caso.

Depois de ouvir-lhe atentamente as alegações, conclusas com o pedido do lugar de capataz, o coronel explodiu num ataque de hilaridade.

– O Pontes capataz! Ih! Ih! Ih!

– Mas...

– Deixe-me rir, homem, que cá na roça isto é raro. Ih! Ih! Ih! É muito boa! Eu sempre digo: graça como o Pontes, ninguém!

E berrando para dentro:

– Maricota, venha ouvir esta do Pontes. Ih! Ih! Ih!

Nesse dia o infeliz engraçado chorou. Compreendeu que não se desfaz do pé para mão o que levou anos a cristalizar-se. A sua reputação de pândego, de impagável, de monumental, de homem do chifre furado ou da pele, estava construída com muito boa cal e rijo cimento para que assim esboroasse de chofre.

Urgia, entretanto, mudar de tecla, e Pontes volveu as vistas para o Estado, patrão cômodo e único possível nas circunstâncias, porque abstrato, porque não sabe rir nem conhece de perto as células que o compõem. Esse patrão, só ele, o tomaria a sério – o caminho da salvação, pois, embicava por ali.

Estudou a possibilidade da agência do correio, dos tabelionatos, das coletorias e do resto. Bem ponderados os prós e contras, os trunfos e naipes, fixou a escolha na coletoria federal, cujo ocupante, major Bentes, por avelhantado e cardíaco, era de crer não durasse muito. Seu aneurisma andava na berra pública, com rebentamento esperado para qualquer hora.

O ás de Pontes era um parente do Rio, sujeito de posses, em via de influenciar a política no caso da realização de certa reviravolta no governo. Lá correu atrás dele e tantas fez para movê-lo à sua pretensão que o parente o despediu com promessa formal.

– Vai sossegado que, em a coisa arrebentando por cá e o teu coletor rebentando por lá, ninguém mais há de rir-se de ti. Vai, e avisa-me da morte do homem sem esperar que esfrie o corpo.

Pontes voltou radioso de esperança e pacientemente aguardou a sucessão dos fatos, com um olho na política e outro no aneurisma salvador. A crise afinal veio; caíram ministros, subiram outros e entre estes um politicão negocista, sócio do tal parente. Meio caminho já era andado. Restava apenas a segunda parte.

Infelizmente, a saúde do major encruara, sem sinais patentes de declínio rápido. Seu aneurisma, na opinião dos médicos que matavam pela alopatia, era coisa grave, de estourar ao menor esforço; mas o precavido velho não tinha pressa de ir-se para melhor, deixando uma vida onde os fados lhe conchegavam tão fofo ninho, e lá engambelava a doença com um regime ultrametódico. Se o mataria um esforço violento, sossegassem, ele não faria tal esforço.

Ora, Pontes, mentalmente dono daquela sinecura, impacientava-se com o equilíbrio desequilibrador dos seus cálculos. Como desembaraçar o caminho daquela travanca? Leu no *Chernoviz* o capítulo dos aneurismas, decorou-o; andou em indagações de tudo quanto se dizia ou se escreveu a respeito; chegou a entender da matéria mais que o doutor Iodureto, médico da terra, o qual, seja dito aqui à puridade, não entendia de coisa nenhuma desta vida.

O pomo da ciência, assim comido, induziu-o à tentação de matar o homem, forçando-o a estourar. Um esforço o mataria? Pois bem, Souza Pontes o levaria a esse esforço! "A gargalhada é um esforço", filosofava satanicamente de si para si. "A gargalhada, portanto, mata. Ora, eu sei fazer rir..."

Longos dias passou Pontes alheio ao mundo, em diálogo mental com a serpente.

– Crime? Não! Em que código fazer rir é crime? Se disso morresse o homem, culpa era da sua má aorta.

A cabeça do maroto virou picadeiro de luta onde o "plano" se batia em duelo contra todas as objeções mandadas ao encontro pela consciência. Servia de juiz à sua ambição amarga, e Deus sabe quantas vezes tal juiz prevaricou, levado de escandalosa parcialidade por um dos contendores.

Como era de prever, a serpente venceu, e Pontes ressurgiu para o mundo um tanto mais magro, de olheiras cavadas, porém com um estranho brilho de resolução vitoriosa nos olhos. Também notaria nele o nervoso dos modos quem o observasse com argúcia – mas a argúcia não era virtude sobeja entre os seus conterrâneos, além de que estados da alma do Pontes eram coisa de somenos, porque Pontes...

– Ora, Pontes...

O futuro funcionário forjicou, então, meticulosos planos de campanha. Em primeiro era mister aproximar-se do major, homem recolhido consigo e pouco amigo de lérias; insinuar-se-lhe na intimidade; estudar suas venetas e cachacinhas até descobrir em que zona do corpo tinha ele o calcanhar de aquiles.

Começou frequentando com assiduidade a coletoria, sob pretextos vários, ora para selos, ora para informações sobre impostos, que tudo era ensejo de um parolar manhoso, habilíssimo, calculado para combalir a rispidez do velho.

Também ia a negócios alheios, pagar coisas, extrair guias, coisinhas; fizera-se muito serviçal para os amigos que traziam negócios com a fazenda.

O major estranhou tanta assiduidade e disse-lhe, mas Pontes escamoteou-se à interpelação montado numa pilhéria de truz, e perseverou num bem calculado dar tempo ao tempo que fosse desbastando as arestas agressivas do cardíaco.

Dentro de dois meses já se habituara Bentes àquele serelepe, como lhe chamava, o qual, em fim de contas, lhe parecia um bom moço, sincero, amigo de servir e sobretudo inofensivo... Daí a lá em dia de acúmulo de serviço pedir-lhe um obséquio, e depois outro, e terceiro, e tê-lo afinal como espécie de adido à repartição, foi um passo. Para certas comissões não havia outro. Que diligência! Que finura! Que tato! Advertindo certa vez o escrevente, o major puxou aquela diplomacia como lembrete.

– Grande pasmado! Aprenda com o Pontes, que tem jeito para tudo e ainda por cima tem graça.

Nesse dia convidou-o para jantar. Grande exultação na alma de Pontes! A fortaleza abria-lhe as portas.

Aquele jantar foi o início duma série em que o serelepe, agora factótum indispensável, teve campo de primeira ordem para evoluções táticas.

O major Bentes, entretanto, possuía uma invulnerabilidade: não ria, limitava suas expansões hílares a sorrisos irônicos. Pilhéria que levava outros comensais a erguerem-se da mesa atabafando a boca nos guardanapos encrespava apenas os seus lábios. E se a graça não era de superfina agudeza, ele desmontava sem piedade o contador.

– Isso é velho, Pontes, já num almanaque *Laemmert* de 1850 me lembra de o ter lido.

Pontes sorria com ar vencido; mas lá por dentro consolava-se, dizendo, dos fígados para o rim, que se não pegara daquela, doutra pegaria.

Toda a sua sagacidade enfocava no fito de descobrir o fraco do major. Cada homem tem predileção por um certo gênero de humorismo ou chalaça. Este morre por pilhérias fesceninas de frades bojudos. Aquele pela-se pelo chiste bonacheirão da chacota germânica. Aquele outro dá a vida pela pimenta gaulesa. O brasileiro adora a chalaça onde se põe a nu a burrice tamancuda de galegos e ilhéus.

Mas o major? Por que não ria à inglesa, nem à alemã, nem à francesa, nem à brasileira? Qual o seu gênero?

Um trabalho sistemático de observação, com a metódica exclusão dos gêneros já provados ineficientes, levou Pontes a descobrir a fraqueza do rijo adversário: o major lambia as unhas por casos de ingleses e frades. Era preciso, porém, que viessem juntos. Separados, negavam fogo. Esquisitices do velho. Em surgindo bifes vermelhos, de capacete de cortiça, roupa enxadrezada, sapatões formidolosos e cachimbo, juntamente com frades redondos, namorados da pipa e da polpa feminina, lá abria o major a boca e interrompia o serviço da mastigação, como criança a quem acenam com cocada. E quando o lance cômico chegava, ele ria com gosto, abertamente, embora sem exagero capaz de lhe destruir o equilíbrio sanguíneo.

Com infinita paciência Pontes bancou nesse gênero e não mais saiu dali. Aumentou o repertório, a gradação do sal, a dose de malícia, e sistematicamente bombardeou a aorta do major com os produtos dessa hábil manipulação.

Quando o caso era longo, porque o narrador o floria no intento de esconder o desfecho e realçar o efeito, o velho interessava-se vivamente, e nas pausas manhosas pedia esclarecimento ou continuação.

– "E o raio do bife? E daí? Mister John apitou?"

Embora tardasse a gargalhada fatal, o futuro coletor não desesperava, confiando no apólogo da bilha que de tanto ir à fonte lá ficou. Não era mau o cálculo. Tinha a psicologia por si – e teve também por si a quaresma.

Certa vez, findo o Carnaval, reuniu o major os amigos em torno a uma enorme piabanha recheada, presente dum colega. O entrudo desmazorrara a alma dos comensais e a do anfitrião, que estava naquele dia contente de si e do mundo, como se houvera enxergado o passarinho verde. O cheiro vindo da cozinha, valendo por todos os aperitivos de garrafaria, punha nas caras um enternecimento estomacal.

Quando o peixe entrou, cintilaram os olhos do major. Pescado fino era com ele, ainda mais cozido por Gertrudes. E naquele bródio primara Gertrudes num tempero que excedia às raias da culinária e se guindava ao mais puro lirismo.

– Que peixe! Vatel o assinaria com a pena da impotência molhada na tinta da inveja – disse o escrevente, sujeito lido em Brillat-Savarin e outros praxistas do paladar.

Entre goles de rica vinhaça ia a piabanha sendo introduzida nos estômagos com religiosa unção. Ninguém se atrevia a quebrar o silêncio da bromatológica beatitude.

Pontes pressentiu oportuno o momento do golpe. Trazia engatilhado o caso dum inglês, sua mulher e dois frades barbadinhos, anedota que elaborara à custa da melhor matéria cinzenta de seu cérebro, aperfeiçoando-a em longas noites de insônia. Já de dias a tinha de tocaia, só aguardando o momento em que tudo concorresse para levá-la a produzir o efeito máximo.

Era a derradeira esperança do facínora, seu último cartucho. Negasse fogo e, estava resolvido, metia duas balas nos miolos. Reconhecia impossível manipular-se torpedo mais engenhoso. Se o aneurisma lhe resiste ao embate, então é que o aneurisma era uma potoca, a aorta uma ficção, o *Chernoviz* um palavrório, a medicina uma miséria, o doutor Iodureto uma cavalgadura e ele, Pontes, o mais chapado sensaborão ainda aquecido pelo sol – indigno, portanto, de viver.

Matutava assim Pontes, negaceando com os olhos da psicologia a pobre vítima, quando o major veio ao seu encontro: piscou o olho esquerdo – sinal de predisposição para ouvir.

– É agora! – pensou o bandido. E com infinita naturalidade, pegando como por acaso uma garrafinha de molho, pôs-se a ler o rótulo.

– *Perrins; Lea and Perrins*. Será parente daquele lorde Perrins que bigodeou os dois frades barbadinhos?

Inebriado pelos amavios do peixe, o major alumiou um olho concupiscente, guloso de chulice.

– Dois barbadinhos e um lorde! A patifaria deve ser marca X.P.T.O. Conta lá, serelepe.

E, mastigando maquinalmente, absorveu-se no caso fatal.

A anedota correu capciosa pelos fios naturais até as proximidades do desfecho, narrada com arte de mestre, segura e firme, num andamento estratégico em que havia gênio. Do meio para o fim a maranha empolgou de tal forma o pobre velho que o pôs suspenso, de boca entreaberta, uma azeitona no garfo detida a meio caminho. Um ar de riso – riso parado, riso estopim, que não era senão o armar bote da gargalhada – iluminou-lhe o rosto.

Pontes vacilou. Pressentiu o estouro da artéria. Por uns instantes a consciência brecou-lhe a língua, mas Pontes deu-lhe um pontapé e com voz firme puxou o gatilho.

O major Antonio Pereira da Silva Bentes desferiu a primeira gargalhada da sua vida, franca, estrondosa, de ouvir-se no fim da rua, gargalhada igual à de Teufelsdrock diante de João Paulo Richter. Primeira e última, entretanto, porque no meio dela os convivas, atônitos, viram-no cair de bordo sobre o prato, ao tempo que uma onda de sangue avermelhava a toalha.

O assassino ergueu-se alucinado; aproveitando a confusão, esgueirou-se para a rua, qual outro Caim. Escondeu-se em casa, trancou-se no quarto, bateu dentes a noite inteira, suou gelado. Os menores rumores retransiam-no de pavor. Polícia?

Semanas depois é que entrou a declinar aquele transtorno da alma que toda gente levara à conta de mágoa pela morte do amigo. Não obstante, trazia sempre nos olhos a mesma visão: o coletor de bruços no prato, golfando sangue, enquanto no ar vibravam os ecos da sua derradeira gargalhada.

E foi nesse deplorável estado que recebeu a carta do parente do Rio. Entre outras coisas dizia o ás: “Como não me avisaste a tempo, conforme o combinado, só pelas folhas vim a saber da morte de Bentes. Fui ao ministro, mas era tarde, já estava lavrada a nomeação do sucessor. A tua leviandade fez-te perder a melhor ocasião da vida. Guarda para teu governo este latim: *tarde venientibus ossa*, quem chega tarde só encontra os ossos – e sê mais esperto para o futuro”.

Um mês depois descobriram-no pendente duma trave, com a língua de fora, rígido. Enforcara-se numa perna de ceroula.

Quando a notícia deu volta pela cidade, toda gente achou graça no caso. O galego do armazém comentou para os caixeiros:

– Vejam que criatura! Até morrendo fez chalaça.

Enforcar-se na ceroula! Esta só mesmo de Pontes...

E reeditaram em coro meia dúzia de "quás" – único epitáfio que lhe deu a sociedade.

A colcha de retalhos

1915

– Upa!

Cavalgo e parto.

Por estes dias de março a natureza acorda tarde.

Passa as manhãs embrulhada num roupão de neblina e é com espreguiçamentos de mulher vadia que despe os véus da cerração para o banho de sol.

A névoa esmaia o relevo da paisagem, desbota-lhe as cores. Tudo parece coado através dum cristal despolido.

Vejo a orla de capim tufada como debrum pelo fio dos barrancos; vejo o roxo-terra da estrada esmaecer logo adiante; e nada mais vejo senão, a espaços, o vulto gotejante de alguns angiqueiros marginais.

Agora, uma porteira.

Ali, a encruzilhada do Labrego.

Tomo à destra, em direitura ao sítio de José Alvorada. Este barba-rala mora-me a jeito de empreitar um roçado no capoeirão do Bilu, nata de terra que pelas bocas do caeté legítimo[1], da unha-de-vaca[2] e da caquera[3] está a pedir foice e covas de milho.

Não é difícil a puxada: com cinquenta braças de carreador boto a roça no caminho.

Três alqueires, só no bom. Talvez quatro. A noventa por um – nove vezes quatro, trinta e seis; trezentos e sessenta alqueires de oito mãos. Descontadas as bandeiras[4] que o porco estraga e o que comem a paca e o rato...

Será a filha de Alvorada?

– Bom dia, menina! O pai está em casa?

É a filha única. Pelo jeito não vai além de catorze anos. Que frescura! Lembra os pés de avenca viçados nas grotas noruegas. Mas arredia e itê[5] como a fruta do gravatá. Olhem como se acanhou! De olhos baixos, finge arrumar a rodilha[6]. Veio pegar água a este córrego e é milagre não se haver esgueirado por detrás daquela moita de taquaris, ao ver-me.

– O pai está lá? – insisti.

Respondeu um "está" enleado, sem erguer os olhos da rodilha.

Como a vida no mato asselvaja estas veadinhas! Note-se que os Alvoradas não são caipiras. Quando comprou a situação dos Periquitos, o velho vinha da cidade; lembro-me até de que entrava em sua casa um jornal.

Mas a vida lhes correu áspera na luta contra as terras ensapezadas e secas, que encurtam a renda por mais que dê de si o homem. Foram rareando as idas à cidade e ao cabo de todo se suprimiram. Depois que lhes nasceu a menina, rebento floral em anos outoniços, e que a geada queimou o café novo – uma tamina[7], três mil pés – o velho, amuado, nunca mais espichou o nariz fora do sítio.

Se o marido deu assim em urumbeva, a mulher, essa enraizou de peão para o resto da vida. Costumava dizer: mulher na roça vai à vila três vezes – uma a batizar, outra a casar, terceira a enterrar.

---

1. Padrões de terra boa.
2. *Idem.*
3. *Idem.*
4. Bandeira de milho, diz-se de qualquer trecho do milharal.
5. Sabor agreste, adstringente, ácido.
6. Rodela de pano torcido que os carregadores de água usam entre a cabeça e o pote ou a lata.
7. Ninharia, coisa de nada.

Com tais casmurrices na cabeça dos velhos, era natural que a pobrezinha da Pingo d'Água (tinha esse apelido Maria das Dores) se tolhesse na desenvoltura ao extremo de ganhar medo às gentes. Fora uma vez à vila com vinte dias, a batizar. E já lá ia nos quatorze anos sem nunca mais ter-se arredado dali.

Ler? Escrever? "Patacoadas, falta de serviço", dizia a mãe. Que lhe valeu a ela ler e escrever que nem uma professora, se desde que casou nunca mais teve jeito de abrir um livro? Na roça, como na roça.

Deixei a menina às voltas com a rodilha e embrenhei-me por um atalho conducente à morada.

Que descalabro!...

Da casa velha aluíra uma ala, e o restante, além da cumeeira selada, tinha o oitão fora do prumo.

O velho pomar, roído de formiga, morrera de inanição; na ânsia de sobreviver, três ou quatro laranjeiras macilentas, furadas de broca e sopesando o polvo retrançado da erva-de-passarinho, ainda abrolhavam rebentos cheios de compridos acúleos. Fora disso, mamoeiros, a silvestre goiaba e araçás, promiscuamente com o mato invasor que só respeitava o terreirinho batido, fronteiro à casa. Tapera quase e, enluradas nela, o que é mais triste, almas humanas em tapera.

Bati palmas.

– Ó de casa!

Apareceu a mulher.

– Está seu Zé?

– Inda agorinha saiu, mas não demora. Foi queimar um mel na maçaranduba do pasto. Apeie e entre.

Amarrei o cavalo a um moirão de cerca e entrei.

Acabadinha, a Sinh'Ana. Toda rugas na cara – e uma cor... Estranhei-lhe aquilo.

– Doença! – gemeu. – Estou no fim. Estômago, fígado, uma dor aqui no peito que responde na cacunda. Casa velha, é o que é.

– Metade é cisma – disse-lhe para consolo.

– Eu é que sei! – retrucou-me suspirando.

Entrementes, surgiu da cozinha uma velhota bem-apessoada, no cerne, rija e tesa, que saudou e:

– Está espantado do jeito de Nhana? Esta gente de agora não presta para nada. Olhe, eu com setenta no lombo não me troco por ela. Criei minha neta e inda lavo, cozinho e coso. Admira-se? Coso, sim!...

– Mecê é gabola porque nunca padeceu doença – nem dor de dente! Mas eu? Pobre de mim! Só admiro ainda estar fora da cova...Aí vem Zé.

Chegava Alvorada. Ao ver-me abriu a cara.

– Ora viva quem se lembra dos pobres! Não pego na sua mão porque estou assim... É só melado. Bonito, hein? Estava difícil, num oco muito alto e sem jeito. Mas sempre tirei. Não é jiti, não! É mel-de-pau.

Depôs num mocho a cuia dos favos e se foi à janela, lavar as mãos à caneca d'água que a mulher despejava. Pôs os olhos no meu cavalo.

– Hoje veio no picaço... Bom bicho! Eu sempre digo: animais aqui no redor, só este picaço e a ruana do Izé de Lima. O mais é eguada de moenda.

Neste momento entrou a menina de pote à cabeça. Ao vê-la o pai apontou para a cuia de mel.

– Está aí, filha, o doce da aposta. Perdi, paguei. Que aposta? Ah! ah! Brincadeira. A gente cá na roça, quando não tem serviço, com qualquer coisa se diverte. Vinha passando um bando de maritacas. Eu disse à toa: "São mais de dez!". Pingo negou: "Não chega lá!". Apostamos. Eram nove. Ela ganhou o doce. Doce da roça mel é. Esta songuinha só vendo; não é o que parece, não...

A loquacidade daquele homem não desmedrara com o atraso da vida. Em se lhe dando corda, ressurgia nele o tagarela da cidade.

Expus-lhe o negócio. Alvorada enrugou a testa; refletiu um bocado, de queixo preso. Depois:

– Eu hoje, franqueza, não valho mais nada. Desde que caí daquela amaldiçoada ponte do Labrego, fiquei assim como quebrado por dentro. Não escoro serviço, e para lidar com camaradas no eito não basta ter boca. Sem puxar a enxada de par com eles, a coisa não vai, não! Lembra-se da empreitada do ano retrasado? Pois saí perdendo. O tranca do João Mina me quebrou um machado e furtou uma foice. Com esses prejuízos, não livrei o jornal. Desde então fiz cruz em serviço alheio. Se ainda teimo neste sapezal amaldiçoado é por via da menina; senão, largava tudo e ia viver no mato, como bicho. É Pingo que inda me dá um pouco de coragem – concluiu com ternura.

A velhinha sentara-se à luz da janela e, abrindo uma caixeta, pusera-se a coser, de óculos na ponta do nariz.

Aproximei-me, admirativo.

– Sim, senhora! Com setenta anos!

Sorriu, lisonjeada.

– É para ver. E isto aqui tem coisa. É uma colcha de retalhos que venho fazendo há quatorze anos, desde que Pingo nasceu. Dos vestidinhos dela vou guardando cada retalho que sobeja e um dia os coso. Veja que galantaria de serviço…

Estendeu-me ante os olhos um pano variegado, de quadrinhos maiores e menores, todos de chita, cada qual de um padrão.

– Esta colcha é o meu presente de noivado. O último retalho há de ser do vestido de casamento, não é, Pingo?

Pingo d'Água não respondeu. Metida na cozinha, percebi que nos espiava por uma fresta.

Mais dois dedos de prosa com Alvorada, um cafezinho ralo – escolha[8] com rapadura – e...

– Está bem, rematei. – levantando-me do mocho de três pernas. – Como não pode ser, paciência. Apesar disso acho que deve pensar um bocado. Olhe que este ano se estão pagando os roçados a oitenta mil réis o alqueire. Dá para ganhar, não?

– Que dá, sei que dá. Mas também sei para quem dá. Um perrengue como eu não pensa mais nisso, não. Quando era gente, muitos peguei a sessenta e não me arrependi. Mas hoje…

– Nesse caso…

Transcorreram dois anos sem que eu tornasse aos Periquitos. Nesse intervalo Sinh'Ana faleceu. Era fatal a dor que respondia na cacunda. E não mais me aflorava à memória a imagem daqueles humildes urupês, quando me chegou aos ouvidos o zum-zum corrente no bairro, uma coisa apenas crível: o filho de um sitiante vizinho, rapaz de todo pancada, furtara Pingo d'Água aos Periquitos.

– "Como isso? Uma menina tão acanhada!…"

– "É para ver! Desconfiem das sonsas… Fugiu, e lá rodou com ele para a cidade – não para casar, nem para enterrar. Foi ser 'moça', a pombinha…"

O incidente ficou a azoinar-me o bestunto. À noite perdi o sono, revivendo

8. Café de ínfima qualidade; resíduo do "café escolhido".

cenas da minha última visita ao sítio, e nasceu-me a ideia de lá tornar. Para? Confesso: mera curiosidade, para ouvir os comentários da triste velhinha. Que golpe! Desta feita ia-se-lhe a rijeza de cerne.

Fui.

Setembro entumecia gomos em cada arbusto. Nenhuma neblina. A paisagem desenhava-se nítida até aos cabeços dos morros distantes.

Por amor à simetria, montava eu o mesmo picaço. Transpus a mesma porteira. Atalhei pelo mesmo trilho.

No córrego vi, com os olhos da imaginação, o vulto da menina envergonhada com o pote em repouso na laje e toda às voltas com a rodilha. Mais uns passos e a tapera antolhou-se-me, deserta. As três árvores do pomar extinto eram já galhaça resseca e poenta. Só os mamoeiros subsistiam, mais crescidos, sempre apinhados de frutos. O resto piorara, descambando para o lúgubre. Ruíra o oitão e o terreirinho pintalgara-se de moitas de guanxuma, cordão-de-frade e joás.

– Ó de casa! – gritei.

Silêncio. Três vezes repeti o apelo. Por fim surgiu dos fundos uma sombra acurvada e trêmula.

– Bom dia, nhá Joaquina. Está seu Zé?

Não me reconheceu a velhinha.

– Zé fora à vila, vender a sitioca para mudar de terra.

Fez-me entrar, logo que me dei a conhecer, pedindo escusas da má vista.

– Tem coragem de estar aqui sozinha?

– Eu? Sozinha estou em toda parte. Morreu-me tudo, a filha, a neta… Sente-se – murmurou apontando para o mocho de dois anos atrás.

Sentei-me, com um nó na garganta. Não sabia o que dizer. Por fim:

– O que é a vida, nhá Joaquina! Parece que foi ontem que estive aqui. Apesar das doenças, iam vivendo felizes. Hoje…

A velha limpou no canhão da manga uma lágrima.

– Viver setenta e dois anos para acabar assim… Felizmente a morte não tarda. Já a sinto cá dentro.

Confrangia-me o coração aquele ermo onde tudo era passado – a terra, as laranjeiras, a casa, as vidas –, salvo, trêmulo espectro sobrevivente como a alma da tapera, a triste velhinha encanecida, cujos olhos poucas lágrimas estilavam, tantas chorara.

– Que mais agora? – murmurou pausadamente em voz de quem já não é deste mundo. – Até a "desgraça", eu não queria morrer. Velha e inútil, inda gostava do mundo. Morreu-me a filha, mas restava a neta – que era duas vezes filha e o meu consolo. Desencaminharam a pobrezinha... Agora, que mais? Só peço a Deus que me retire, logo e logo.

Relanceei um olhar pela sala vazia. A caixeta de costura inda estava sobre a arca no lugar de sempre. Meus olhos pousaram ali, marasmados.

A velha adivinhou-me o pensamento e, levantando-se, tomou-a nas mãos mal firmes. Abriu-a. Tirou de dentro a colcha inacabada, contemplou-a longamente. Depois, com tremuras na voz:

– Dezesseis anos – e não pude acabar a colcha... Ninguém imagina o que é para mim esta prenda. Cada retalho tem sua história e me lembra um vestidinho de Pingo d'Água. Aqui leio a vidinha dela desde que nasceu. Este, olhe, foi da primeira camiseta que vestiu... Tão galantinha! Estou a vê-la no meu braço, tentando pegar os óculos com a mãozinha gorda... Este azul, de listas, lembra um vestido que a madrinha lhe deu aos três anos. Ela já andava pela casa inteira armando reinações, perseguindo o Romão – que um dia, por sinal, lhe meteu as unhas no rostinho. Chamava-me "óó aquina"... Este vermelho de rosinhas foi quando completou os cinco anos. Estava com ele por ocasião do tombo na pedra do córrego, donde lhe veio aquela marquinha no queixo, não reparou? Este cá, de xadrezinho, foi pelos sete anos, e eu mesma o fiz, e o fiz de saia comprida e paletó de quartinho. Ficou tão engraçada, feita uma mulherzinha! Pingo d'Água já sabia temperar um virado, quando usou este aqui, de argolinhas roxas em fundo branco. Digo isto porque foi com ele que entornou uma panela e queimou as mãos. Este cor de batata foi quando tinha dez anos e caiu com sarampo, muito malzinha. Os dias e as noites que passei ao pé dela, a contar histórias! Como gostava da *Gata Borralheira!...*

A velha enxugou na colcha uma lágrima perdida e calou-se.

– E este? – perguntei para avivá-la, apontando um retalho amarelo.

– Pausou um bocado a triste avó, em contemplação.

Depois:

– Este é novo. Já tinha quinze anos quando o vestiu pela primeira vez num mutirão[9] do Labrego. Não gosto dele. Parece que a desgraça começa

9. Ajuntamento de vizinhos num serviço de roça.

aqui. Ficou um vestido muito assentadinho no corpo, e galante, mas pelas minhas contas foi o culpado do Labreguinho engraçar-se da coitada. Hoje sei disso. Naquele tempo de nada suspeitava.

– Este – disse-lhe eu, fingindo recordar-me – é o que ela vestia quando cá estive.

– Engano seu. Era, quer ver qual? Era este de pintas vermelhas, repare bem.

– É verdade, é verdade! – menti. – Agora me lembro, isso mesmo. E este último?

Após uma pausa dorida, a pobre criatura oscilou a cabeça e balbuciou:

– Este é o da desgraça. Foi o derradeiro que fiz. Com ele fugiu… e me matou.

Calou-se, a lacrimejar, trêmula.

Calei-me também, opresso dum infinito apertão de alma.

Que quadro imensamente triste, aquele fim de vida machucado pela mocidade louca!…

E ficamos ambos assim, imóveis, de olhos presos à colcha.

Ela por fim quebrou o silêncio.

– Ia ser o meu presente de noivado. Deus não quis. Será agora a minha mortalha. Já pedi que me enterrassem com ela.

E guardou-a dobradinha na caixa, envolta num suspiro arrancado ao imo do coração.

Um mês depois morria. Vim a saber que lhe não cumpriram a última vontade.

Que importa ao mundo a vontade última duma pobre velhinha da roça?

Pieguices…

A vingança da peroba*

1915

A cidade duvidará do caso. Não obstante, aquele monjolo de João Nunes no Varjão foi durante meses o palhaço da zona. Sobretudo no bairro dos Porungas, onde assistia Pedro Porunga, mestre monjoleiro de larga fama, fungavam-se à conta do engenho risos sem fim.

Sitiantes ambos em terras próprias, convizinhavam separados pelo espigão do Nheco – e por malquerença antiga. Levantara Nunes uma paca, certo domingo; mas ao dobrar o morro a bicha esbarrou de frente com um Porunguinha que casualmente lenhava por ali. Zás! Certeiro golpe de foice dá com ela em terra.

Até aí nada.

Mas comeram-na, sem ao menos mandarem um

* O conto *A vingança da peroba* foi publicado na primeira edição de *Urupês*, com o título de *Chóó! Pan!*

quarto de presente ao legítimo dono. Legítimo, sim, porque, afinal de contas, aquela paca era uma paca de nomeada. Sabida como um vigário, dizia Nunes, nem cachorro mestre, nem mundéu, podiam com a vida dela. Escapulia sempre. A gente do outro lado não ignorava isso. Paca velha e matreira tem sempre a biografia na boca dos caçadores. Paca muito conhecida, portanto; moradora em suas terras. Paca de Nunes, homessa. Ora, justamente no dia em que, numa batida feliz, ele a apanhara desprevenida, fazer aquilo o Porunguinha?

– "Mas é uma criança!"

Sim, mas o pai não aprovou? Não disse, entre risadas, "o Nunes que se fomente?". Haviam de pagar!

Veio daí a malquerença. O espigão vinha do período um pouco mais remoto em que a crosta da terra se solidificou.

Agravava a dissensão uma rivalidade quase de casta. Pertencia Nunes à classe dos que decaem por força de muita cachaça na cabeça e muita saia em casa. Filho homem só tinha José Benedito, de apelido Pernambi, um passarico desta alturinha, apesar de bem entrado nos sete anos. O resto era uma récula de "famílias mulheres" – Maria Benedita, Maria da Conceição, Maria da Graça, Maria da Glória, um rosário de oito mariquinhas de saia comprida. Tanta mulher em casa amargava o ânimo do Nunes, que nos dias de cachaça ameaçava afogá-las na lagoa como se fossem uma ninhada de gatos.

O seu consolo era amimar Pernambi, que aquele ao menos logo estaria no eito, a ajudá-lo no cabo da enxada, enquanto o mulherio inútil mamparrearia por ali a espiolhar-se ao sol. Pegava, então, do menino e dava-lhe pinga. A princípio com caretas que muito divertiam o pai, o engrimanço pegou lesto no vício. Bebia e fumava, muito sorna, com ares palermas de quem não é deste mundo. Também usava faca de ponta à cinta.

– Homem que não bebe, não pita, não tem faca de ponta, não é homem – dizia Nunes.

E concio de que já era homem, o piquirinha batia nas irmãs, cuspilhava de esguicho, dizia nomes à mãe, além de muitas outras coisas próprias de homem.

Do outro lado tudo corria pelo inverso. Comedido na pinga, Pedro Porunga casara com mulher sensata, que lhe dera seis "famílias", tudo homem.

Era natural que prosperasse, com tanta gente no eito. Plantava cada setembro três alqueires de milho; tinha dois monjolos, moenda, sua mandioquinha, sua cana, além duma égua e duas porcas de cria. Caçava com espingarda de dois canos, "imitação Laporte", boa de chumbo como não havia outra. Morava em casa nova, bem coberta de sapé de boa lua, aparado a linha, com mestria, no beiral; os esteios e portais eram de madeira lavrada; e as paredes, rebocadas à mão por dentro, coisa muito fina.

Já Nunes – pobre do Nunes! – não punha na terra nem um alqueire de semente. Teve égua, mas barganhou-a por um capadete e uma espingarda velha. Comido o porquinho, sobrou do negócio o caco da pica-pau, dum cano só e manhosa de tardar fogo.

Sua casa, de esteios com casca e portas de imbaúba rachada, muito encardida de picumã, prenunciava tapera próxima.

Capado, nenhum. Galinhada escassa.

Ao cachorro Brinquinho não lhe valia ser mestre paqueiro de fama; andava de barriga às costas, com bernes no toitiço. O pobrezinho não caminhava dez passos sem que parasse, pondo-se aos rodopios sobre os quartos traseiros, tentando inutilmente abocar o parasita inatingível. Que preasse. Cachorro é bicho ladino e o mato anda cheio de preás atolambadas. E tudo mais no Varjão afinava pela mesma tecla.

Certa vez contaram ao Nunes que Pedro Porunga trazia negócio duma besta arreada. Besta arreada, o Porunga! Doeu-lhe aquilo no fundo da alma. Era atrepar demais.

– Quê! Já roncam assim? – braveteou. – Pois hei de mostrar à Porungada quem é o João Nunes Eusébio dos Santos, da Ponte Alta!

E entrou-se, desde aí, de grandes atarefamentos. A mulher pasmava da súbita reviravolta do marido, duvidando e esperando.

– Durará esse fogo? Quem sabe?!

Planeava Nunes grandes coisas, roça de três alqueires, conserto da casa, monjolo...

Aqui a mulher repuxou os lábios num muxoxo de dúvida.

– Monjolo? Ché, que esperança!

Nunes, metido em brios, roncou:

– Boto, mulher, boto monjolo, boto moenda, boto até moinho! Hei de fazer a Porungada morder a munheca de inveja. Vai ver!...

Com assombro de todos não ficou em prosa fiada a promessa. Nunes remendou mal e mal a casa, derrubou um capoeirão descansado de oito anos e, num esforço de mouro, meteu na terra nove quartas de milho.

Pedro Porunga soube logo da bravata. Riu-se e profetizou:

– Eh! Aquilo é fogo de jacá velho. Calor de pinguço não dura...

O ano correu bem. Vieram chuvas a tempo, de modo que em janeiro o milho desembrulhava pendão, muito medrado de espigas.

Nunes não cabia em si. Visitava as roças muito contente da vida, unhando os caules viçosos já em pleno arreganhamento da dentuça vermelha, ou apalpando as bonecas tenras, a madeixarem-se da cabelugem louro-translúcida. Segurava então a barbica do queixo e sonhava opulências futuras, balanceando prós e contras. Os contras já estavam de fora. Só havia prós. E concluía, entrando em casa, para a mulher:

– Este ano quebro um milhão, desgramado!

Carecia, pois, de armar monjolo. Desdobrado em farinha o milho, vinham dobrados os lucros. Não foi o que empolou os Porungas, a farinha? Uma resolução de tal vulto, porém, não se toma assim do pé para mão: era preciso meditar, calcular. E Nunes maginava... O *chóó-pan* do futuro engenho batia-lhe na cabeça como um ritornelo de música do céu.

– Hei de mostrar ao Porunga que ele não é o único monjoleiro do mundo. Empreito o serviço com o compadre Teixeirinha da Ponte Alta.

A mulher botou as mãos na cabeça.

– Nossa Virgem! É coisa de louco! Pois o compadre nem braço tem...

– Bééé! – urrou Nunes, estomagado. – Cale essa boca! Mulher não entende das coisas...

E ela, nas encolhas:

– Tá bom. Depois não se queixe.

– Bééé! – rematou o marido.

Esta troada era o argumento decisivo de Nunes nas relações familiares. Quando ali roncava o "bééé", mulher, filhas, Pernambi, Brinquinho, todos se escoavam em silêncio. Sabiam por dolorosa experiência pessoal que o ponto acima era o porretinho de sapuva.

Se a mulher emudecia, emudecia com ela a razão, porque o Teixeirinha Maneta era um carapina ruim inteirado, dos que vivem de biscates e remendos. Só a um bêbado como o Nunes bacorejaria a ideia de meter a monjoleiro um taramela daqueles, maneta e, inda por cima, cego duma vista. Mas era compadre e acabou-se. "Bééé!"

Uma nova semana passou Nunes em trabalhos de "maginação". Coçava lentamente a cabeça, pitava enormes cigarrões, muito absorto, com os olhos no milharal e o sentido em coisas futuras. Decidiu-se, por fim. Rumou à Ponte Alta e trouxe de lá o velho carapina, com a ferramenta capenga.

Só restava resolver o problema da madeira. Nas suas terras não havia senão pau de foice. Pau de machado, capaz de monjolo, só a peroba da divisa, velha árvore morta que era o marco entre os dois sítios, tacitamente respeitada de lá e de cá. Deitá-la-ia por terra sem dar contas ao outro lado – como lhe fizeram à paca.

Boa peça! Nunes gozava-se da picuinha, planeando derrubar a árvore à noite, de modo que pela madrugada, quando os Porungas dessem pela coisa, nem Santo Antônio remediaria o mal.

– Está resolvido: derrubo a peroba!

Dito e feito. Dois machados roncaram no pau alta noite, e ainda não raiava a manhã quando a peroba estrondeou por terra, tombada do lado do Nunes.

Mal rompeu o dia, os Porungas, advertidos pela ronqueira, saíram a sondar o que fora. Deram logo com a marosca, e Pedro, à frente do bando, interpelou:

– Com ordem de quem, seu...

– Com ordem da paca, ouviu? – revidou Nunes provocativamente.

– Mas paca é paca e essa peroba era o marco do rumo, meia minha, meia sua.

– Pois eu quero gastar a minha parte. Deixo a sua pra aí!... – retrucou Nunes apontando com o beiço a cavacaria cor-de-rosa.

Pedro continha-se a custo.

– Ah, cachorro! Não sei onde estou que não...

– Pois eu sei que estou em minha casa e que bato fogo na primeira "cuia" que passar o rumo!...

Esquentou o bate-boca. Houve nome feio a valer. O mulherio interveio com grande descabelamento de palavrões. De espingardinha na mão, radiante no meio da barulhada, Nunes dizia ao Maneta:

– Vá lavrando, compadre, que eu sozinho escoro este cuiame![1]...

A Porungada, afinal, abandonou o campo – para não haver sangue.

– Você fica com o pau, cachaceiro à toa, mas inda há de chorar muita lágrima por amor disso...

– Bééé!... – estrugiu Nunes triunfalmente.

Os Porungas desceram resmoneando em conciliábulo, seguidos do olhar vitorioso de Nunes.

– Então, compadre, viu que cuiada choca? É só chá de língua, *pé, pé, pé*; mas, chegar mesmo, quando! O guampudo conheceu a arruda pelo cheiro! E assombrou o velho com muitos lances heroicos, quebramentos de cara, escoras de três e quatro, o diabo.

– O dia está ganho, compadre, largue disso e vamos molhar a garganta.

A molhadela da garganta excedeu a quanta bebedeira tinham na memória. Nunes, Maneta e Pernambi confraternizaram num bolo acachaçado, comemorativo do triunfo, até que uma soneira letárgica os derreou pelo chão. Com a derradeira Maria pendurada do seio magro, a mulher olhava para aquilo sacudindo a cabeça, a cismar...

– Que monjolo sairá disto, mãe do céu!...

Esvaídos os fumos da pinga, tornaram no dia seguinte à peroba, muito acamaradados. A cachaça cimentara o compadresco antigo, e a feitura do monjolo teve início com grande quebradeira de corpo. Nunes passava os dias na obra, vendo o compadre desbastar a madeira com um braço só. Pasmava daquilo, e do ajutório que ao braço perfeito dava o toco aleijado. O velho Maneta sabia casos e casos, que Nunes respondia com outros, sempre tendentes a patentear a ruindade dos Porungas.

Falquejado o toro, correram um barbante embebido num mingau de carvão.

– Pegue nesta ponta, compadre – dizia o velho. – Agora estique; isso.

E tomando entre os dedos o meio do cordel – *plaf* –, chicoteava a madeira, riscando nela um traço negro.

Nunes revelou grande vocação para esfria-verruma. Esfria-verrumas são os "empaliadores" dos carapinas. Sentam-se com uma nádega à beira da banca e durante horas pasmam do rebote correr na tábua encaracolando

1. Porção de cuias. Jogo de palavras; as cuias se fazem das cabaças, ou porungas.

fitas, ou do formão ir lentamente abrindo uma fura. Ora pegam da enxó, examinam-na, passam o dedo pelo fio e perguntam: "É Grive? (Greaves) Quanto custou?". E quando sai da madeira a verruma, quente da fricção, pegam-na e põem-se a soprá-la muito sérios.

Enquanto isso, muito desajeitadamente ia o Maneta escavando o cocho[2] a machado e enxada. Depois rasgou as furas da haste[3] e afeiçoou a munheca[4]. Prontas que foram, atacou o pilão[5]. Escava que escava, em três dias pô-lo de banda, concluso. Restava somente aparelhar a "virgem"[6].

– O compadre sabe a história do pau de feitiço?

Nunes não sabia. Nunes não sabia coisa alguma, tirante emborcar o gargalo e difamar os Porungas. Sem interromper o esquadrejamento da "virgem", Maneta narrou o caso que ouvira ao pai, o Teixeirão serrador, madeireiro de fama.

– Em cada eito de mato, dizia o meu velho, há um pau vingativo que pune a malfeitoria dos homens. Vivi no mato toda vida, lidei com toda casta de árvore, desdobrei desde imbaúba e embiruçu até bálsamo, que é raro por aqui. Dormi no estaleiro quantas noites! Homem, fui um bicho do mato. E de tanto lidar com paus, fiquei na suposição de que as árvores têm alma, como a gente.

– Te esconjuro! – espirrou Nunes.

– Isto dizia lá o velho; eu por mim não dou opinião. E têm alma, dizia ele, porque sentem a dor e choram. Não vê como gemem certos paus ao caírem? E outros como choram tanta lágrima vermelha, que escorre e vira resina? Ora pois têm alma, porque neste mundo tudo é criatura de Deus.

– Lá isso...

– Então, dizia ele, há em cada mato um pau que ninguém sabe qual é, a modo que peitado para a desforra dos mais. É o pau de feitiço. O desgraçado que acerta meter o machado no cerne desse pau pode encomendar a alma para o diabo, que está perdido. Ou estrepado, ou de cabeça rachada por um

2. Parte traseira do monjolo, que recebe a água.
3. Madeiro comprido que constitui a parte principal do monjolo.
4. Mão de monjolo, peça que serve para pilar.
5. Recipiente de madeira (tronco escavado) que recebe o milho a ser pilado.
6. Peça em cuja forquilha gira a haste.

galho seco que despenca de cima, ou mais tarde por artes da obra feita com a madeira, de todo jeito não escapa. Não adianta se precatar: a desgraça peala mesmo, mais hoje, mais amanhã, a criatura marcada.

Isto dizia o velho – e eu por mim tenho visto muita coisa. Na derrubada do Figueirão, alembra-se?, morreu o filho de Chico Pires. Estava cortando um guamirim quando, de repente, soltou um grito. Acode que acode, o moço estava com o peito varado até as costas. Como foi? Como não foi? Ninguém entendeu aquilo. Eu fiquei cismando e disse: "É feitiço de pau..." Como este um, quantos casos? O mundo está cheio. Sebastiãozinho da Ponte Alta fez uma casa, o pau da cumeeira ele mesmo o derrubou. Pois não é que a cumeeira arreia e estronda a cabeça do rapaz? Por isso meu pai, sabido que era, especulava primeiro se por ali perto não tinha havido desgraça. Era para ver se o feitiço estava solto ou preso, e precatar-se."

Com estas e outras ia Maneta florejando de lérias as horas de serviço, enquanto dava os derradeiros retoques no engenho.

Estava pronto o monjolo. Jubiloso, via Nunes quase realizado o primeiro sonho das futuras grandezas. Faltava apenas o assentamento, que é pouco – e ele batia tapas amigos na peroba vermelha.

– Aí, minha velha! Mansinha, hein? Há de chamar-se Tira-prosa – tira--prosa de Porungas, Cabaças e Cuias, eh! eh!

Recolheram cedo nesse dia para solenizar o feito à custa dum ancorote[7] de cachaça, que esvaziaram a meio.

Dias depois, bem fincado, bem socado o pilão, o monjolo recebeu água. Aberta a bica, um jorro de enxurro espumejou no cocho, encheu-o, desbordou para o "inferno"[8]. A engenhoca gemeu na "virgem" e alçou o pescoço. O cocho despejou a aguaceira – *chóó*! A munheca bateu firme no pilão – *pan!* Nunes pulava de alegria.

– Conheceu, porungada choca, quem é João Nunes Eusébio da Ponta Alta? Mas não lhe bastou aquele barulho, nem a gritaria da menina a palmear, nem os ladridos de Brinquinho que, espantado da maluqueira, latia de longe, a salvo de pontapés. Queria mais. Correu à espingarda, espoletou-a

7. Barrilete próprio para transportar pinga em lombo de burro.
8. Lugar onde a água que move o monjolo despeja depois de enchido o cocho.

e, erguendo-a para o "outro lado", desfechou. Mas o caco velho da pica-pau não compartilhou da sua alegria, rebentou a espoleta e calou-se. Nunes inda a manteve uns segundos alçada, esperando o tiro. Como o fogo tardasse demais, remessou com ela para longe, embrulhada num palavrão. Lembrou-se depois de três foguetes sobejados de uma reza; foi buscá-los; atacou-os em direção aos Porungas.

– Cheira essa pólvora, cuiada!

Infelizmente as bombas, muito úmidas, negaram fogo por sua vez.

– Tudo nega, compadre! Vamos ver se o ancorote nega também.

Não negou. E a prova foi roncarem logo para ali como dois gambás.

No outro dia partiu Maneta para a Ponte Alta, com grande sentimento do Nunes, que perdia nele um companheirão. Quanto ao monjolo, como não houvesse milho a pilar, ficou sua estreia para quando se quebrasse a roça.

Cessaram as chuvas de verão. Entrou o outono, refrescado, limpo. Amarelaram as folhas do milharal, as espigas penderam, maduras. Começou a quebra. Muito impaciente, Nunes debulhou o primeiro jacá recolhido e atochou o pilão. Ai! Não há felicidade completa no mundo. O engenho provou mal. Não rendia a canjica. Desproporcionada ao cocho, a haste não dava o jogo da regra. A mão, por muito leve ou por defeito de esquadria na "virgem", guinava à esquerda ao bater, espirrando milho para fora. Por mal dos pecados, à primeira chuvinha o pilão entrou a rever água. Fora escavado em madeira ventada[9]. Não prestava.

Nunes, de má sombra, represando a cólera, meteu-se a reparar tantas "torturas". Diminuiu o peso ao macaco[10], engrossou as águas, amarrou ali, especou acolá, calafetou fendas. Consumiu dias em luta surda contra as manhas do mal engonçado. Mas a peste do mostrengo respondia a cada arranjo com uma reincidência de desalentar.

O pobre homem explodiu, então. Da boca lhe espirraram injúrias sem fim contra o patife do carapina.

– Excomungado do diabo de maldelazento de maneta...

Impossível meter no papel todas as contas do rosário; as miúdas inda

9. Madeira naturalmente rachada.

10. Contrapeso destinado a assegurar o bom equilíbrio de haste do monjolo.

cabem, mas as graúdas não podem sair do Varjão. Além de injúrias, ameaças. Que iria à Ponte Alta rachar o compadre a foice; que lhe vazava a outra vista; que...

Num desses desabafos a tola da mulher meteu a colher torta no meio.

– Eu bem disse, eu bem avisei. Mas o "queixo-duro" não fez caso...

Ai! Nunes, que só esperava por aquilo, passou a mão na sapuva e encarnando na esposa o odiado maneta deslombou-a numa sova de consertar negro ladrão.

– Toma, cachorro! Toma, excomungado do inferno! Aprende a fazer monjolo, porco sujo! – e malhava...

A mulher sumiu-se aos pinotes mato adentro, seguida do mulherio miúdo; e por oito dias andou em esfregações de salmoura pela polpa avergoada. Nunes, porém, melhorou consideravelmente com o derivativo. Mundificou-se da bílis.

A nova de tais sucessos chegou à Porungada. Pedro, exultante, não teve mão de si, quis ver com os próprios olhos a caranguejola que o vingava tão a pique. Meditou um plano, e lá um dia transpôs o espigão, rumo à casa do rival. Voltou uma hora depois espremendo risos fungados.

– Eh, eh, minha gente! Vocês não calculam. Quando quebrei o serrote já ouvi o barulho – *chóó-pan* –, uma ronqueira dos diabos! Disse comigo: roncar, ele ronca, eh, eh!

Fui chegando. Nunes, jururu, estava debulhando milho na porta. Quando me viu entreparou, amode que assombrado.

– "É de paz!" – eu disse, e me plantei diante dele. – "Dois chefes de família, inda mais vizinhos, não podem viver toda a vida assim, de focinho 'trucido' um pro outro. O que foi, foi. Acabou-se. Toque."

Ele relanceou os olhos para o lado da ronqueira – eh, eh! – e muito desconchavado me espichou a mão sem abrir o bico.

– "Traga um café!" – gritou para dentro.

Enfiei os olhos pela casa: estava "assim" de mulherada na cozinha! Peguei de prosa. Ele foi respondendo. Conversava sem graça, amarradinha. Por fim especulei: "E o monjolo, vizinho, ficou na ordem?"

Nunes amarelou que nem esta folha!

– "É bonzinho, rende bem..."

– “Quero ver” – disse eu –, “se não é curiosidade...”

– “Pois vá” – respondeu, sem se mexer do lugar.

Eu fui.

Nossa Virgem! Aquilo nunca foi monjolo, nem aqui nem na casa do diabo! Só se vê amarrilhos de cipó e espeques e macacos. A haste tem nove palmos e o cocho a mó que tem dez!...

– Quiá! quiá! quiá! – cacarejou a roda, que em matéria de monjolo era entendidíssima.

– A mão não pesa, home, não pesa nem arroba e meia! A “virgem” está errada e fora do prumo. Milho está que está alvejando o chão. A mão pincha duma banda.

Os Porunguinhas babavam.

– Então, roncar ele ronca?

– Nossa! Ronca que nem uma trumenta. Mas, socar? O boi soca! Nem três litros rende por dia. Homem, gentes, aquilo é coisa que só vendo!

A cara dos Porungas, anuviada desde o incidente da peroba, refloriu dali por diante nos saudáveis risos escarninhos do despique. As nuvens foram escurentar os céus do Varjão. Era um nunca se acabar de troças e pilhérias de toda ordem. Inventavam traços cômicos, exageravam as trapalhices do mundéu. Enfeitavam-no como se faz ao mastro de são João. Sobre as linhas gerais debuxadas pelo velho, os Porunguinhas iam atando cada qual o seu buquê, de modo a tornar o pobre monjolo uma coisa prodigiosamente cômica. A palavra *ronqueira* entrou a girar nas vizinhanças como termo comparativo de tudo quanto é risível ou sem pé nem cabeça.

Aos ouvidos de Nunes foram bater tais rumores. O orgulho, muito medrado no período dos sonhos de grandeza, murchara-lhe como fruta verde colhida antes do tempo. Mas impossibilitado de vingar-se deu de criar um rancor surdo contra a *Ronqueira*, que, trôpega, lá ia malhando, dia e noite, *chóó-pan*, muito lerda, muito parca de rendimento. Para acalmar a bílis Nunes dobrou as doses de cachaça.

A mulher amanhava a casa num grande desconsolo da vida, esmolambada, sem mais esperanças de arranjo para aquele homem.

Sempre rentando o pai, sorníssimo, Pernambi parecia um velhinho idiota. Não tirava da boca o pito e cada vez batia mais forte no mulherio miúdo.

Brinquinho desnorteara. Sentado nas patas traseiras olhava, inclinando a cabeça, ora para um, ora para outro, sem saber o que pensar da sua gente.

E assim, meses.

Afinal, veio a desgraça. Feitiço de pau ou não, o caso foi que o inocente pagou o crime do pecador, como é da justiça bíblica. Certo dia soube Nunes que o José Cuitelo da Pedra Branca, outro compadre, pusera nome a uma égua lazarenta de Ronqueira. Era demais.

– Até aquele cachorro do Cuitelo! – gemeu o mísero, passando a mão na garrafa.

Sorveu um gole e:

– Pernambizinho, vem cá. Bebe com teu pai, meu filho.

O menino não esperou novo convite: bebeu um, dois e três goles, estalando a língua. O resto da garrafa soverteu-se no bucho do caboclo. Mal tonteado pelos eflúvios do álcool, o menino banzou um bocado por ali e depois saiu. Nunes estirou-se ao sol para dormir.

Era um dia feio de agosto. Céu turvo do fumo das queimadas. Sol de cobre, sem brilho, a modorrar no ocaso. Folhinhas carbonizadas a descerem lentas do alto, regirantes.

Transcorrida uma hora o bêbedo acordou, relanceou em torno os olhos mortiços.

– Quedele Pernambi? – disse às filhas acocoradas à soleira da porta.

As meninas não sabiam do irmão.

– Chamem Pernambi – engrolou o bêbedo, recaindo em cochilo.

Uma das pequenas saiu no encalço do menino.

Os olhos de Nunes a custo se abriam; sua cabeça oscilava, como se lhe houvessem desossado o pescoço. Da boca escorria-lhe baba, e molhadas nela as palavras vinham vagas, mal atadas.

Súbito, um grito lancinante ao longe alvorotou a casa.

A mulher, estonteada, surge de dentro do casebre, para à porta, orienta-se e corre para onde há voz. As filhas disparam-lhe atrás, rumo ao monjolo.

Silêncio trágico.

Depois novos gritos – gritos em coro –, gritos de desespero.

– Coitadinho do meu filho! – uivava lá longe a mãe.

Nunes soergue-se, amparado ao portal.

– Que é isso? – grunhe.

Ninguém lhe responde. Não há ninguém por ali.

Mas no monjolo recrudesce a grita. Para lá segue o bêbedo, cambaleante. Em caminho dá de cara com a mulher, que voltava descabelada, a falar sozinha.

– Que é que foi, mulher?

Arrostando com o marido, a pobre mãe afuzila nos olhos um raio de cólera incoercível.

– O que é? É tua obra, cachaceiro do inferno! É a tua pinga, homem à toa, esterco imundo! Vá ver, vá ver, vá ver, desgraçado!...

Nunes alcança o monjolo com dificuldade. E topa num quadro horrendo. No meio das filhas em grita, o corpinho magro de Pernambi de borco no pilão. Para fora, pendentes, duas pernas franzinas – e o monjolo impassível, a subir e a descer, *chóó-pan*, pilando uma pasta vermelha de farinha, miolos e pelanca...

Esvaem-se-lhe os vapores do álcool e em semidemência Nunes corre ao machado, ringindo os dentes, aos uivos.

– Chegou teu dia, desgraçado!

Cena lúgubre foi aquela! Entre rugidos de cólera o louco arremessava golpes tremendos contra o engenho assassino. Uma pancada na mão – toma Barbazu! Outra na haste – rebenta demônio! Outra no pilão – estoura feiticeiro do diabo! E *pan, pan, pan* – dez, vinte, cem machadadas como nunca as desferiu derrubador nenhum com tal rijeza de pulso.

Cavacos saltavam para longe, róseos cavacos da peroba assassina. E lascas. E achas...

Longo tempo durou o duelo trágico da demência contra a matéria bruta. Por fim, quando o monjolo maldito era já um monte escavacado de peças em desmantelo, o mísero caboclo tombou por terra, arquejante, abraçado ao corpo inerte do filho. Instintivamente sua mão trêmula apalpava o fundo do pilão em procura da cabecinha que faltava.

Um suplício moderno

1916

Todas as crueldades de que foi useira a Inquisição para reduzir heréticos, as torturas requintadas da "questão" medieval, o empalamento otomano, o suplício chinês dos mil pedaços, o chumbo em fusão metido a funil gorgomilos adentro – toda a velha ciência de martirizar subsiste ainda hoje encapotada sob hábeis disfarces. A humanidade é sempre a mesma cruel chacinadora de si própria, numerem-se os séculos anterior ou posteriormente a Cristo. Mudam de forma as coisas; a essência nunca muda. Como prova denuncia-se aqui um avatar moderno das antigas torturas: o estafetamento.

Este suplício vale o torniquete, a fogueira, o garrote, a polé, o touro de bronze, a empalação, o bacalhau, o tronco, a roda hidráulica de surrar. A diferença é que estas engenharias matavam com certa rapidez, ao passo que o estafetamento prolonga por anos a agonia do paciente.

Estafeta-se um homem da seguinte maneira: o Governo, por malévola indicação dum chefe político, hodierno sucedâneo do "familiar" do Santo Ofício, nomeia um cidadão estafeta do correio entre duas cidades convizinhas não ligadas por via férrea.

O ingênuo vê no caso honraria e negócio. É honra penetrar na falange gorda dos carrapatos orçamentívoros que pacientemente devoram o país; é negócio lambiscar ao termo de cada mês um ordenado fixo, tendo arrumadinha, no futuro, a cama fofa da aposentadoria.

Note-se aqui a diferença entre os ominosos tempos medievos e os sobre-excelentes da democracia de hoje. O absolutismo agarrava às brutas a vítima e, sem tir-te nem habeas corpus, trucidava-a; a democracia opera com manhas de Tartufo, arma arapucas, mete dentro rodelas de laranja e espera aleivosamente que, *sponte sua*, caia no laço o passarinho. Quer vítimas ao acaso, não escolhe. Chama-se a isto – arte pela arte...

Nomeado que é o homem, não percebe a princípio a sua desgraça. Só ao cabo de um mês ou dois é que entra a desconfiar; desconfiança que por graus se vai fazendo certeza, certeza horrível de que o empalaram no lombilho duro do pior matungo das redondezas, com, pela frente, cinco, seis, sete léguas de tortura a engolir por dia, de mala postal à garupa.

Eis as puas do aparelho de tormento, as tais léguas! Para o comum dos mortais, uma légua é uma légua; é a medida duma distância que principia aqui e acaba lá. Quem viaja, feito o percurso, chega e é feliz.

As léguas do estafeta, porém, mal acabam voltam "da capo", como nas músicas. Vencidas as seis (suponhamos um caso em que sejam só seis) renascem na sua frente de volta. É fazê-las e desfazê-las. Teia de Penélope, rochedo de Sísifo, há de permeio entre o ir e o vir a má digestão do jantar requentado e a noite mal dormida; e assim um mês, um ano, dois, três, cinco, enquanto lhes restarem, a ele nádegas e ao sendeiro lombo.

Quando cruza um viandante a jornadear, morde-o a inveja: aquele breve "chegará", ao passo que para o estafeta tal verbo é uma irrisão. Mal apeia, derreado, com o coranchim em fogo, ao termo dos trinta e seis mil metros da caminheira, come lá o mau feijão, dorme lá a má soneca e a aurora do dia seguinte estira-lhe à frente, à guisa de "Bom dia!", os mesmos trinta e seis mil metros da véspera, agora espichados ao contrário...

Breve o animal, pisado, dá de si, fraqueia. Já os topes o cavaleiro galga a pé. Não possui meios de adquirir outra montada. O ordenado vai-se-lhe em milho e "rapador[1]" para a alimária, água de sal para os semicúpios e mais remédios às pisaduras de ambos, cavalgante e cavalgado. Não sobeja sequer para roupa.

Dá-lhe o Estado – o mesmo que custeia enxundiosas taturanas burocráticas a contos por mês, e baitacas parlamentares a duzentos mil-réis por dia – dá-lhe o generoso Estado... cem mil réis mensais. Quer dizer, "um real" por nove braças de tormento. Com um vintém paga-lhe trezentos e trinta metros de suplício. Vem a sair a sessenta réis o quilômetro de martírio. Dor mais barata é impossível.

O estafeta entra a definhar de canseira e fome. Vão-se-lhe as carnes, as bochechas encovam, as pernas viram parênteses dentro dos quais mora a barriga do desventurado rocim.

Além das calamidades fisiológicas, econômicas e sociais, chovem-lhe em cima as meteorológicas. O tempo inclemente não lhe poupa judiarias.

No verão não se dói o sol de assá-lo como se assam pinhões nas cinzas. Se chove, de nenhuma gota se livra. Pelos fins de maio, à entrada do frio, é entanguido como um súdito de Nicolau exilado nas Sibérias que devora as léguas infernais. No dia de São Bartolomeu, agarrado de unhas à crina da escanzelada égua, é por milagre que não os despeja a ambos, perambeiras abaixo, o endemoninhado vento.

O patrão-governo pressupõe que ele é de ferro e suas nádegas são de aço; que o tempo é um permanente céu com "brisas fagueiras" ocupadas em soprar sobre os caminhantes os olores da "balsamina em flor".

Pressupõe ainda que os cem mil-réis do salário são uma paga real de lamber as unhas. E, nestas angelicais pressuposições, quando há crises financeiras e lhe lembram economias, corta seus cinco, seus dez mil-réis no pingue ordenado, para que haja sobras permitidoras de ir à Europa um

1. Pasto de aluguel muito sovado; rapado.

genro em comissão de estudos sobre “a influência zigomática do periélio solar no regime zaratústrico das democracias latinas”.

E assim o exército dos estafetas, dia a dia mais encanifrado, encalacrado de dívidas, enchagado de pisaduras, ao sol de dezembro ou à garoa entanguente de junho, trota, trota sem cessar, morro acima, morro abaixo, por atoleiros e areões, caldeirões e escorregadouros, sacudido pela miseranda cavalgadura que de tanto padecer, coitada, já nem jeito de cavalo tem.

O lombo delas é todo uma chaga viva; as costelas, um ripado. Caricaturas contristadoras do nobre *Equus*, um dia rebentam de fome, exaustas, a meio de viagem.

O estafeta toma às costas os arreios, a mala, e conclui a caminheira a pé. Nesse dia chega fora de horas, e o agente do correio oficia ao centro sobre a “irregularidade”.

O centro move-se; faz correr um papelório através de várias salas onde, comodamente espapaçada em poltronas caras, a burocracia gorda palestra sobre espiões alemães. Depois de demorada viagem o papelório chega a um gabinete onde impa em secretária de imbuia, fumegando o seu charuto, um sujeito de boas carnes e ótimas cores. Este vence dois contos de réis por mês; é filho de algo; é cunhado, sogro ou genro de algo; entra às onze e sai às três, com folga de permeio para uma “batida” no frege da esquina.

O canastrão corre os olhos mortiços de lombeira por sobre o papel e grunhe:

– Estes estafetas, que malandros!

E assina a demissão daquele a bem do serviço público.

(E se isso não acontece, acontece pior. Certa vez o agente do correio duma cidadezinha paulista oficiou ao centro queixando-se do estafeta. O centro respondeu autorizando-o a “punir com severidade o faltoso”. O agente medita a sério sobre o caso; depois, mostrando o ofício ao estafeta, e com muita dor de coração, ferra-lhe em nome do Governo a maior sova de chicote de que há memória no lugar. Em seguida oficia ao centro dando conta do desempenho da missão e declarando que o serviço ficaria interrompido por uma quinzena, visto o paciente estar de cama, a curar-se com salmoura...)

O supliciado, posto no olho da rua, sem saúde, sem cavalo, sem nádegas, coberto de dívidas, com o fígado e mais vísceras fora do lugar em virtude do muito que “chacoalharam”, vê-se logo rodeado pela chusma de credores, ávidos como urubus de charqueada. Como está nu, mais nu que Jó, não pode pagar a nenhum – e ganha fama de caloteiro.

– Parecia um homem sério, e, no entanto, roubou-me cinco alqueires de milho – diz o da venda, calabrês gordo, enricado no passamento de notas falsas.

– Tomou-me emprestados 100 mil-réis para a compra de um cavalo, a jurinho de amigo (cinco por cento ao mês), já lá vão cinco anos, e por muito favor pagou-me o premiozinho e deu os arreios por conta. Que ladrão! – diz o onzeneiro, sócio do outro na nota falsa.

A loja de fazenda chora umas calças de algodão mineiro que lhe fiou em tempo. A farmácia, um quilo de sal-amargo falsificado. Abeberado de insultos, o mártir só vê pela frente uma saída: fincar o pé na estrada e fugir... fugir para uma terra qualquer onde o desconheçam e o deixem morrer em paz.

Destarte, o moderno suplício do estafetamento, além de charquear as carnes duma criatura humana limpa de crimes, dá-lhe ainda de lambuja uma bela mortezinha moral. Tudo isto a fim de que não falte aos soletradores de tais e tais bibocas do sertão o pábulo diário da graxa preta em fundo branco, por meio do qual se estampam em língua bunda as facadas que Pé Espalhado deu em Camisa Preta, o queijo que furtou Baianinho ao Manoel da Venda, o romance traduzido de Georges Ohnet, o salvamento da pátria pela alta volataria nacional, o palavreado gordo das ligas disto e daquilo, a descoberta de espiões onde nada há que espiar, a policultura, o zebu, o analfabetismo, o aliadismo, o germanismo, as potocas da Havas e quanta papalvice grela por massapês e terras roxas deste país das arábias.

A política do coronel Evandro em Itaoca deu com o rabo na cerca desde que em tal pleito o competidor Fidêncio, também coronel, guindou a cotação dos votos de gravata a quinhentos mil-réis, e a dos votos de pé no chão a dois parelhos de roupa, mais um chapéu.

O primeiro ato do vencedor foi correr a vassoura do Olho da Rua em tudo quanto era olhodarruável em matéria de funcionalismo público. Entre os varridos estava a gente do correio, inclusive o estafeta, para cuja substituição inculcou-se ao governo o Izé Biriba.

Era este Biriba um caranguejo humano, lerdo de maneiras e atolambado de ideias, com dois percalços tremendos na vida – a política e o topete.

O topete consistia num palmo de grenha teimosa em lhe cair sobre a testa, e tão insistente nisto que gastava ele metade do dia erguendo a mão esquerda à altura da fronte para, num movimento maquinal, botar pra arriba a crina rebelde. A política escusa dizer o que é.

Coligados ambos, topete e política comiam-lhe o tempo inteiro, de jeito a não lhe deixar folga nenhuma para o amanho do sítio, que, afinal, roído pelo cupim da hipoteca, lá foi parar nas unhas dum onzeneiro ladrão.

Montou em seguida botequim mas faliu. Enquanto Biriba arrumava o topete os fregueses surrupiavam-lhe os mata-bichos; e nas cavaqueiras políticas os correligionários, de passo que expeliam diatribes contra o governo, sorviam capilés refrescantes e mascavam bolinhos de peixe por conta da vitória futura.

Além do topete tinha Biriba o sestro do "sim senhor" alçado às funções de vírgula, ponto e vírgula, dois pontos e ponto final de todas as parvoiçadas emitidas pelo parceiro; e às vezes, pelo hábito, quando o freguês parando de falar entrava a comer, continuava ele escandindo a "sim, senhores" a mastigação do bolinho filado.

Ao tempo da queda do outro e subida de sua gente, andava Biriba reduzido à conspícua posição de "fósforo" eleitoral. No pleito trabalhara como nenhum. Deram-lhe as piores missões – acuar eleitores tabaréus embibocados nos socavões das serras, negociar-lhes a consciência, debater preço de votos, barganhá-los com éguas lazarentas e provar aos desconfiados, com argumentos de cochicho ao ouvido, que o Governo estava com eles.

Após a vitória sentiu pela primeira vez um gozo integral de coração, cabeça e estômago.

Vencer! Oh, néctar! Oh, ambrosia incomparável!

O nosso homem regalou as vísceras com o petisco dos deuses. Até que enfim os negrores da vida de misérias lhe alvorejavam em aurora. Comer à farta, serrar de cima... Delícias do triunfo!

Que lhe daria o chefe?

No antegozo da pepineira iminente, viveu a rebolar-se em cama de rosas até que rebentou sua nomeação para o cargo de estafeta.

Sem queda para aquilo, quis relutar, pedir mais; na conferência que teve com o chefe, entretanto, as objeções que lhe vinham à boca transmutavam-se no habitual "sim senhor", de modo a convencer o coronel de que era aquilo o seu ideal.

– Veja, Biriba, quanto vale a felicidade! Pilha um empregão! Vai Regino para agente e você para estafeta.

O mais que ele pôde alegar foi que não tinha cavalgadura.

– Arranja-se – resolveu de pronto o coronel. – Tenho lá uma égua moura legítima, de passo picado, que vale duzentos mil-réis. Por ser para você, dou-a por metade. O dinheiro? É o de menos. Você toma-o de empréstimo a Leandrinho. Arranja-se tudo, homem.

O arranjo foi adquirir Biriba uma égua trotona pelo dobro do valor, com dinheiro tomado a três por cento ao tal Leandro, que outra coisa não era senão o testa de ferro do próprio Fidêncio. Destarte, carambolando, o matreiro chefe punha a juros o pior sendeiro da fazenda, além de conservar pelo cabresto da gratidão ao idiota estafetado.

Iniciou Biriba o serviço: seis léguas diárias a fazer hoje e a desfazer amanhã, sem outra folga além do último dia dos meses ímpares.

Inda bem se fora devorar as léguas na só companhia da chupada mala postal. Mas não lhe saiu serena assim a empresa. Como Itaoca não passasse de mesquinho lugarejo empoleirado no espinhaço da serra e desprovido de tudo, não transcorria vez sem que os amigos políticos não viessem com encomendas a aviar na cidade. À hora de partir surgiam aproveitadores com listinhas de miudezas, ou negras com recados.

– Sinhá disse assim pra suncê comprar três carretéis de linha cinquenta, um papel de agulhas, uma peça de cadarço branco, cinco maços de grampo miúdo e, se sobejar um tostão, pra trazer uma bala de apito pro seu Juquinha.

Todos aqueles artigos existiam em Itaoca, um tantinho mais caros, porém; o encomendá-los fora visava apenas à economia do tostão da bala de apito.

– Sim senhor, sim senhor!...

Não lhe escapava da boca outro som, embora o exasperasse a contínua repetição do abuso.

Além das pequenas encomendas, pouco trabalhosas, surgiam outras de vulto, como levar um cavalo arreado ao senhor Fulano que vinha em tal dia, acompanhar a mulher de Etcetrano, e que tais. Tibúrcia, cozinheira preta do coletor, cada vez que ia de férias descansar à cidade, era Biriba o indicado para conduzi-la.

Foi como o conheci, guardando cesta às amazonas. De viagem para Itaoca, a meio caminho topo num homem encavalgado na mais avariada égua que jamais meus olhos viram. À garupa iam malas do correio e vários picuás; no santo-antônio, mais picuás além duma vassoura nova enganchada nos arreios com a palha para cima. Estava parado, em atitude idiotizada, segurando pelo cabresto um cavalinho de silhão. Abordei-o, pedindo fogo. Aceso o cigarro, indaguei de quem montava a cavalgadura vazia.

– "Não vê" que estou acompanhando a dona Engrácia, que é parteira em Itaoca. Ela apeou um bocadinho e...

Ouvi rumor atrás: saía do mato uma mulheraça rúbida, de saias tufadas de goma, tendo na cabeça um toucadinho coevo de S. M. Fidelíssima... Para não vexá-la pus-me a caminho, não sem, voltando a cara de soslaio, regular-me com os apuros do estafeta para entalar nas andilhas as cinco arrobas da parteira aliviada.

E descomposturas...

– Seu Biriba, não foi linha quarenta que eu encomendei. O senhor parece bobo!

Quando a fazenda era má:

– Não viu que a chita desbotava? Que moda!

Doía-lhe, sobretudo, carretear para a execrável gente da oposição. O coronel contrário não se pejava de, por intromissão de terceiro, neutro ou oposicionista encapotado, abusar da boa-fé do mártir. Lembrava-se Biriba, com dor de alma, de um bode de raça que lhe dera grandes trabalhos pelo caminho – e várias marradas de lambuja; afinal, chegando, verificou que vinha para o inimigo.

Toda gente gozou do caso, entre espirros de riso e galhofa.

– É um pax-vóbis Biriba! Trazer o bode da oposição! Quiá! quiá! quiá!

Estas e outras foram-lhe azedando os fígados e as vísceras circunvizinhas. Biriba emagreceu. Biriba amarelou.

A égua, coitada, perdeu a feição cavalar. Seu lombo selara em meia-lua, de modo que por um nadinha não raspavam o chão os pés do cavaleiro. Montado, Biriba afundava. Sua cabeça caía quase ao nível duma linha tirada da anca às orelhas da égua. Horrendamente pisada, trazia a bicha nos olhos permanentes lágrimas de dor; mas em vez de tanta mazela mover ao dó o coração dos itaoquenses, regalava-os, e eram chufas sem fim e piadas idiotas acerca do "Estafeta da Triste Figura mais a sua Bucéfala", como os batizou um engraçado local.

Lazarento como eles, só o Cunegundes, cão sem dono, coberto de sarna, que perambulava a esmo pela cidade, fugindo a moscas e pontapés. Pois não lhe mudaram o nome para Biribinha? Cachorrada!

Não tardou muito viesse o Governo dar sua volta ao torniquete, cortando dez mil-réis no ordenado dos estafetas – para salvar-se em certa ocasião de apuros financeiros. E salvou-se, esta é que é!...

A roupa no fio. À entrada das chuvas uma alma caridosa deu-lhe uma velha capa de borracha; mas no primeiro aguaceiro verificou Biriba que tal capote vazava como peneira, de modo a piorar-lhe a situação com a sobrecarga dum panejamento absorvedor de litros de água.

Biriba, perdida a paciência, murmurou.

Ai! Soube-o logo o chefe e fê-lo vir a contas.

– É certo que o senhor me anda arrenegando do emprego que lhe demos? Queria, acaso, ser eleito senador ou vice-presidente? Um pedaço de porcalhão que andava aí lambendo embira, morre não morre de fome, passa, por generosidade nossa, a ocupar um cargo federal com ordenado relativamente bom (aqui Biriba tossiu um... "Sim senhor"), encontra todas as facilidades, recebe um bom animal e ainda se queixa? Que quer então Vossa Excelência?

Biriba entumeceu-se de coragem e declarou querer uma coisa só: a demissão. Estava doente, surradíssimo, ameaçado de perder de um momento para outro a égua e as nádegas. Queria mudar de vida.

– Muda-se, então, de vida assim do pé pra mão? Quer abandonar os amigos? E a disciplina partidária onde fica, meu caro palerma?

Não convinha a ninguém a saída do Biriba. Quem mais serviçal? Lembravam-se dos estafetas anteriores, malcriados, inimigos de trazer um papel de agulha fosse para quem fosse. Não sairia. Itaoca impunha-lhe o sacrifício de ficar.

Mas a tortura do diário chocalhar por sete léguas das vísceras de Biriba acabou por desconjuntar nele o cimento da lealdade partidária. O mártir abriu os olhos. Lembrou-se com saudades dos ominosos tempos do coronel Evandro, das delícias do botequim e até do calamitoso período da degradação "fosfórica". Piorara após o triunfo, não havia dúvida.

Este livre exame de consciência – crede-me – foi o início da queda do coronel Fidêncio em Itaoca. Biriba, o firme esteio, apodrecia pelo nabo; viria abaixo, e com ele a cumeeira do pardieiro político. A víbora da traição armara ninho em sua alma.

Como o novo pleito se aproximasse, nova vitória lhe seria novo termo de martírio. Biriba ponderou de si para sua égua que a salvação de ambos estava na derrota. Demitiam-no, e ele, veterano e mártir do fidencismo, continuaria com jus ao apoio do partido, sem padecer por via cocigiana o contato odioso das sete horas diárias de socado.

Deliberou trair.

Na véspera da eleição incumbiu-o Fidêncio de trazer da cidade um papel importantíssimo para o tribofe das urnas. Sei lá o que era! Um "papel". A palavra "papel" dita assim em tom de mistério traz no bojo "coisas"...

Fidêncio frisou a gravidade da incumbência – a maior prova de confiança jamais dada por ele a um cabo eleitoral.

– Veja lá! A nossa sorte está nas suas mãos. Isto é que é confiança, hein?

Partiu Biriba. Recebeu na cidade o "papel" e rodou para trás. A meio caminho, porém, tomou por uma errada, foi ter à biboca dum negro velho, soltou a égua, pegou de prosa com o gorila. Caiu a noite: Biriba deixou-se ficar. Alvoreceu o dia seguinte: Biriba quieto. Dez dias se passaram assim. Ao cabo, arreou a égua, montou e botou-se para Itaoca como se nada houvera acontecido.

Foi um assombro a sua aparição. Baldadas as tentativas para apanhá-lo no dia do pleito e nos posteriores, deram-no como papado pelas onças, ele, égua, mala postal e "papel". Vê-lo agora surgir sãozinho da silva foi um abrir de boca e um pasmar à vila inteira. Que houve? Que não houve?

A todas as perguntas Biriba armava na cara a suprema expressão da idiotia. Nada explicava. Não sabia de nada. Sono cataléptico? Feitiço? Não compreendia o sucedido. Afigurava-se-lhe ter partido na véspera e estar de volta no dia certo.

Ficaram todos maravilhados, com asnísssimas caras.

Fidêncio delirava na cama, com febre cerebral. Perdera a eleição redondamente.

– "Derrota fedida" – arrotavam os vencedores, atochando foguetes de assobio.

Em consequência do inexplicável eclipse do estafeta senhoreou-se do rebenque o ex-ominoso Evandro. Começou a derrubada. O olho da rua recebeu em seu seio tudo quanto cheirava a fidencismo. A vassoura da demissão, porém, poupou a... Biriba.

O novo cacique aproximou-se dele e disse:

– Demiti toda a canalha, Biriba, menos a você.

Você é a única coisa que se salva da quadrilha de Fidêncio. Fique sossegado, que do seu lugarzinho ninguém o arranca, nem que o céu chova torqueses.

Pela derradeira vez em Itaoca Biriba balbuciou o "Sim senhor". À noite deu um beijo no focinho da égua e saiu de casa pé ante pé. Ganhou a estrada e sumiu.

E nunca mais ninguém lhe pôs a vista em cima...

Meu conto de Maupassant*

1915

Conversaram no trem dois sujeitos. Aproximei-me e ouvi:

– "Anda a vida cheia de contos de Maupassant; infelizmente há pouquíssimos Guys..."

– "Por que Maupassant e não Kipling, por exemplo?"

– "Porque a vida é amor e morte, e a arte de Maupassant é nove em dez um enquadramento engenhoso do amor e da morte. Mudam-se os cenários, variam os atores, mas a substância persiste – o amor, sob a única face impressionante, a que culmina numa posse violenta de fauno incendido de luxúria, e a morte,

* Na primeira edição de *Urupês*, o trabalho *Meu conto de Maupassant* tinha o artigo precedendo o possessivo: *O meu conto de Maupassant*.

o estertor da vida em transe, o quinto ato, o epílogo fisiológico. A morte e o amor, meu caro, são os dois únicos momentos em que a jogralice da vida arranca a máscara e freme num delírio trágico.”

– “?”

– “Não te rias. Não componho frases. Justifico-me... Na vida, só deixamos de ser uns palhaços inconscientes a mentirmos à natureza quando esta, reagindo, põe a nu o instinto hirsuto ou acena o ‘basta’ final que recolhe o mau ator ao pó. Só há grandeza, em suma, e ‘seriedade’, quando cessa de agir o pobre jogral que é o homem feito, guiado e dirigido por morais, religiões, códigos, modas e mais postiços de sua invenção – e entra em cena a natureza bruta.”

– “A propósito de que tanta filosofia, com este calor de janeiro?...”

O comboio corria entre São José e Quiririm. Região arrozeira em plena faina do corte. Os campos em sega tinham o aspecto de cabelos louros tosados à escovinha. Pura paisagem europeia de trigais.

A espaços feriam nossos olhos quadros de Millet, em fuga lenta, se longe, ou rápida, se perto. Vultos femininos de cesta à cabeça, que paravam a ver passar o trem. Vultos de homens amontoando feixes de espigas para a malhação do dia seguinte. Carroções tirados a bois recolhendo o cereal ensacado. E como caía a tarde e a Mantiqueira já era uma pincelada opaca de índigo a barrar a imprimadura evanescente do azul, vimos em certo trecho o original do “Angelus”...

– “Já te digo a propósito de que vem tanta filosofia.”

E, enfiando os olhos pela janela, calou-se. Houve uma pausa de minutos. Súbito, apontando um velho saguaraji avultado à margem da linha e logo sumido para trás, disse:

– “A propósito dessa árvore que passou. Foi ela comparsa no ‘meu conto de Maupassant’”.

– “Conta lá, se é curto.”

O primeiro sujeito não se ajeitou no banco, nem limpou o pigarro, como é de estilo. Sem transição foi logo narrando.

– “Havia um italiano, morador destas bandas, que tinha vendola na estrada. Tipo mal-encarado e ruim. Bebia, jogava, e por várias vezes andou às voltas com as autoridades. Certo dia – eu era delegado de polícia –, uns piraquaras vieram dizer-me que em tal parte jazia o "corpo morto" de uma velha, picado à foice.

Organizei a diligência e acompanhei-os. 'É lá naquele saguaraji', disseram ao aproximarem-se da árvore que passou. Espetáculo repelente! Ainda tenho na pele o arrepio de horror que me correu pelo corpo ao dar uma topada balofa num corpo mole. Era a cabeça da velha, semioculta sob folhas secas. Porque o malvado a decepara do tronco, lançando-a a alguns metros de distância.

Como por sistema eu desconfiasse do italiano, prendi-o. Havia contra ele indícios fortes. Viram-no sair com a foice, a lenhar, na tarde do crime.

Entretanto, por falta de provas foi restituído à liberdade, mau grado meu, pois cada vez mais me capacitava da sua culpabilidade. Eu pressentia naquele sórdido tipo – e negue-se valor ao pressentimento! – o miserável matador da pobre velha."

– "Que interesse tinha no crime?"

– "Nenhum. Era o que alegava. Era como argumentava a logicazinha trivial de toda gente. Não obstante, eu o trazia de olho, certo de que era o homicida.

O patife, não demorou muito, traspassou o negócio e sumiu-se. Eu do meu lado deixei a polícia e do crime só me ficou, nítida, a sensação da topada mole na cabeça da velha.

Anos depois o caso reviveu. A polícia obteve indícios veementes contra o italiano, que andava por São Paulo num grau extremo de decadência moral, pensionista do xadrez por furtos e bebedices. Prenderam-no e remeteram-no para cá, onde o júri iria decidir da sua sorte."

– "Os teus pressentimentos..."

O sujeito sorriu com malícia e continuou.

– "Não resistiu, não reagiu, não protestou. Tomou o trem no Brás e veio de cabeça baixa, sem proferir palavra, até São José; daí por diante (quem o conta é um soldado da escolta) metia amiúde os olhos pela janela, como preocupado em ver qualquer coisa na paisagem, até que defrontou o saguaraji. Nesse ponto armou um pincho de gato e despejou-se pela janela fora. Apanharam-no morto, de crânio rachado, a escorrer a couve-flor dos miolos perto da árvore fatal."

– "O remorso!"

– "Está aqui o 'meu conto de Maupassant'. Tive a impressão dele nas palavras do soldado da escolta: 'Veio de cabeça baixa até São José, daí por diante enfiou os olhos pela janela até enxergar a árvore e pinchou-se'. No progresso ingênuo da narrativa li toda a tragédia íntima daquele cérebro, senti todo um drama psicológico que nunca será escrito..."

– "É curioso!" – comentou o outro, pensativamente.

Mas o primeiro sujeito acendeu o cigarro e concluiu sorridente, com pausada lentidão:

– "O curioso é que mais tarde um dos piraquaras denunciadores do crime, e filho da velha, preso por picar um companheiro a foiçadas, confessou-se também o assassino da velhinha, sua mãe..."

– "?"

"Meu caro, aquele pobre Oscar Fingal O'Flahertie Wills Wilde disse muita coisa, quando disse que a vida sabe melhor imitar a arte do que a arte sabe imitar a vida."

"Pollice verso"
1916

Dos dezesseis filhos do coronel Inácio da Gama cedo revelou o caçula singulares aptidões para médico. Pelo menos assim julgara o pai, como quer que o encontrasse na horta interessadíssimo em destripar um passarinho agonizante.

– Descobri a vocação de Nico – disse o arguto sujeito à mulher. – Dá um ótimo esculápio. Inda agorinha o vi lá fora dissecando um sanhaço vivo.

Hão de duvidar os naturalistas estremes que o homem dissesse "dissecando". Um coronel indígena falar assim com este rigor de glótica é coisa inadmissível aos que avaliam o gênero inteiro pela meia dúzia de pafúncios agaloados do seu conhecimento. Pois disse. Este coronel Gama abria exceção à regra; tinha suas luzes, lia seu jornal, devorara em moço o *Rocambole*, as *Memórias de um médico* e acompanhava debates da Câmara com grande admiração por Rui Barbosa,

Barbosa Lima, Nilo e outros. Vinha-lhe daí um certo apuro na linguagem, destoante do achavascado ambiente glóssico da fazenda, onde morava.

Quem nada percebeu foi dona Joaquininha, a avaliar pelo ar emparvecido que deu à cara.

Dissecando – explicou superiormente o marido – quer dizer destripando.

– E deixou você que ele cometesse semelhante malvadeza? – exclamou a excelente senhora, compadecida.

– Lá vens com a pieguice!... Deixa-lo brincar, que é da idade, eu em pequeno fazia piores e nem por isso virei nenhum ogre.

(Outra vez! “Ogre”! O homem nascera precioso. Este ogre devia ser reminiscência do Ogre da Córsega, Napoleão chamado. Perdoem-lhe à guisa de compensação à parcimônia da esposa, cujo vocabulário era dos mais restritos).

Dona Joaquina fechou a cara, e quando o pequeno facínora entrou do quintal pediu-lhe contas da perversidade, asperamente. O coronel, que nesse momento lia na rede as folhas recém-chegadas, houve por bem interromper a ingestão de um flamante discurso sobre a questão do Amapá para acudir em apoio ao fedelho.

– Uma vez que será médico, não vejo mal em ir-se familiarizando com a anatomia...

– A anatomia está ali! – rematou a encolerizada senhora apontando a vara de marmelo oculta atrás da porta. – Eu que saiba que o senhor me anda com judiarias aos pobres animaizinhos, que te disseco o lombo com aquela anatomia, ouviu, seu carniceiro?

O menino raspou-se; o coronel retomou resignado o fio do discurso; e o caso do sanhaço ficou por ali.

Mas não ficou por ali a malvadez de Nico. Acautelava-se agora. Era às escondidas que “depenava” moscas, brinquedo muito curioso, consistente em arrancar-lhes todas as pernas e asas para gozar o sofrimento dos corpinhos inertes. Aos grilos cortava as saltadeiras, e ria-se de ver os mutilados caminharem como qualquer bichinho de somenos.

Gatos e cães farejavam-no de longe, aterrorizados. Fora ele quem cortara o rabo ao mísero Joli da agregada Emiliana, e era quem descadeirava todos os gatos da fazenda. Isso, longe. Em casa, um anjinho. E assim, anjo internamente e demônio extramuros, cresceu até à mudança de voz. Entrou nesse período para um colégio, e deste pulou para o Rio, matriculado em medicina.

O emprego que lá deu aos seis anos do curso soube-o ele, os amigos e as amigas. Os pais sempre viveram empulhados, crentes de que o filho era uma águia a plumar-se, futuro Torres Homem de Itaoca, onde, vendida a fazenda, então moravam. Nesta cidade tinham em mente encarreirar o menino, para desbanque dos quatro esculápios locais, uns onagros, dizia o coronel, cuja veterinária rebaixava os itaoquenses à categoria de cavalos.

Pelas férias o doutorando aparecia por lá, cada vez "mais outro", desempenado, com tiques de carioca, "ss" sibilantes, roupas caras e uns palavreados técnicos de embasbacar.

Quando se formou e veio de vez, estava já definitivo, nos 24 anos. Não se lhe descreve aqui a cara, porque retratos por meio de palavras têm a propriedade de fazer imaginar feições às vezes opostas às descritas. Dir-se-á unicamente que era um rapaz espigado, entre louro e castanho, bonito, mas antipático – com o olhar de Stuart Holmes, diziam as meninas doutoras em cinemas. No queixo trazia barba de médico francês, coisa que muito avulta a ciência do proprietário. Doentes há que entre um doutor barbudo e um glabro, ambos desconhecidos, pegam sem tir-te no peludo, convictos de que pegam no melhor.

O doutor Inacinho, entretanto, aborrecia aquele meio acanhado "onde não havia campo".

"Isto aqui" – contava em carta aos colegas do Rio – "é um puro degredo. Clínica escassa e mal pagante, sem margem para grandes lances, e inda assim repartida por quatro curandeiros que se dizem médicos, perfeitas vacas de Hipócrates, estragadores de pepineira com suas consultinhas de cinco mil réis. O cirurgião da terra é um Doyen de sessenta anos, emérito extrator de bichos de pé e cortador de verrugas com fio de linha. Dá iodureto a todo mundo e tem a imbecilidade de arrotar ceticismo, dizendo que o que cura é a natureza. Estes rábulas é que estragam o negócio" – etc.

Negócio, pepineira, grandes lances – está aqui a psicologia do novo médico. Queria pano verde para as boladas gordas.

"Além disso" – continuava –, "é-me insuportável a ausência da Yvonne e de vocês. Não há cá mulheres, nem gente com quem uma pessoa palestre. Uma pocilga! As boas pândegas do nosso tempo, hein?"

Ora aqui está: Yvonne, os amigos, as pândegas foram o melhor do curso. Com mão diurna e noturna manuseou-os a estes tratadistas de anatomia, da fisiologia, da calaçaria, e agora torturavam-no saudades.

Yvonne volta à pátria, deixando cá a meia dúzia de amantes que depenara a morrerem de saudades dos seus encantos. Antes de ir-se deu a cada parvo uma estrelinha do céu, para que, a tantas, se encontrassem nela os amorosos olhares. Os seis idiotas todas as noites ferravam os olhos, um no "Taureau" (ela distribuíra as constelações em francês), outro na "Écrevisse", outro na "Chevelure de Bérenice", o quarto, no "Bélier", o quinto em "Antarés", e o derradeiro na "Épi de la Vièrge".

A garota morria de rir no colo dum apache *montmartre,* contando-lhe a história cômica dos seis parvos brasileiros e das seis constelações respectivas. Liam juntos as seis cartas recebidas a cada vapor, nas quais os protestos amorosos em temperatura de ebulição faziam perdoar a ingramaticalidade do francês antártico. E respondiam de colaboração, em carta circular, onde só variava o nome da estrela e o endereço.

Esta circular era o que havia de terno. Queixava-se a rapariga de saudades, "essa palavra tão poética que fora aprender no Brasil, o belo país das palmeiras, do céu azul, e dos michês". Acoimava-os de ingratos, já em novos amores, ao passo que a pobrezinha, solitária e triste "comme la juriti", consagrava os dias a rememorar o doce passado.

Eis explicada a razão pela qual, nas noites límpidas, ficava Inacinho à janela, pensativo, de olhos postos na "Chevelure de Bérenice".

O sonho do moço era enriquecer às rápidas para reatar a gostosura do idílio interrompido.

– Paris!... – balbuciava à meia-voz nos momentos de devaneio, semicerrando os olhos no antegozo do paraíso. Sonhava-se lá, riquinho, com Yvonne pelo braço, flanando no "Bois", tal qual nos romances; e a realização deste sonho era o alvo de todos os seus anelos. Jurara à amiga ir ter com ela logo que a prosperidade lhe abastasse meios. O tempo, entretanto, corria sem que nenhuma piabanha de vulto lhe caísse na rede. Tardava a bolada...

Entre os médicos antigos de Itaoca o doutor Inacinho gozava péssimo renome – se renome péssimo pode ser coisa de gozo.

Uma bestinha! – dizia um. – Eu fico pasmado, mas é de saírem da Faculdade cavalgaduras daquele porte! É médico no diploma, na barbicha e no anel do dedo. Fora daí, que cavalo!

– E que topete! -acrescentava outro. – Presumido e pomadista como não há segundo. Não diz "humores" ou "sífilis"; é *mal luético*. Eu o que queria era pilhá-lo numa conferência, para escachar...

O pai, já viúvo então, esse babava-se de orgulho. Filho médico, e ainda por cima destabocado e bem falante como aquele... Era de moer de inveja aos mais. Enlevava-o, sobretudo, aquele modo alcandorado de exprimir-se. Revia-se no filho, o coronel...

– A terminologia inteira da ciência alopata, coisas em grego e latim, circunvolve naquela cabecinha – disse ele uma vez ao vigário, que o olhou de revés, por cima dos óculos, ao som daquele mirífico circunvolve.

E assim corria o tempo, entre as diatribes das duas ciências, a moça e a velha, com entremeio dos belos vocábulos que o coronel nunca perdia de meter na falação.

Entrementes adoeceu o major Mendanha, capitalista aposentado com trezentas apólices federais, o Rockefeller de Itaoca. Deu-lhe uma súbita aflição, uma canseira, e a mulher alvoroçou-se.

– Não é nada, isto passa – acalmou ele.

– Passará ou não!... O melhor é chamar um médico.

– Qual, médico! Isto é nada.

Não era tão nada assim, como pretendia. À noite agravou-se-lhe o mal-estar, e o velho, apreensivo, cedeu às instâncias da esposa. Chamar a qual deles, porém?

– Pois o Moura – disse a mulher, para quem o da sua confiança era este Moura.

– Deus me livre! – retrucou o doente. – Aquilo é homem mal azarado. Pois não foi quem tratou Zeca, Peixoto, Jerônimo? E não esticaram a canela todos três?

– O doutor Fortunato, então...

– Fortunato! Já esqueceu você do que me ele fez por ocasião do júri, o tranca? Cobrar cinquenta mil réis por um atestado falso? Não me pilha mais um vintém, o pirata...

No doutor Elesbão não se falou: era adversário político.

– Chama-se Galeno...

– É tão mosca-morta Galeno... – gemeu o doente com cara de desconsolo. – Andou anos a tratar Faria do Hotel como diabético, e já o dava por morto quando um curandeiro da roça o pôs saníssimo com um coco-da-baía comido em jejum. Eram solitárias as diabetes do homem... Só se vier o filho de Inácio?!

Aqui foi a mulher quem protestou.

– Eu, a falar a verdade, prefiro a ruindade de Galeno, a má sorte de Moura, e até Elesbão...

– Esse, nunca!... – interrompeu o velho, num assomo de rancor político.

– ... do que a antipatia do tal doutorzinho. Os outros ao menos têm a experiência da vida, ao passo que este...

– Este, quê?

– Este, Mendanha, é moço bonito, que o que quer é dinheiro e pândega, você não vê?

– Qual!... – emberrinchou o teimoso. – Sempre há de saber um pouco mais que os velhos; aprendeu coisas novas. No caso de Nhazinha Leandro, não a pôs boa num ápice?

– Também que doença! Prisão de ventre...

– Seja prisão ou soltura, o caso foi que a curou. Mande chamar o menino.

– Olhe, olhe! Depois não se arrependa!...

– Mande, mande chamá-lo e já, que não me estou sentindo bem.

Inacinho veio. Interrogou detidamente o major, tomou-lhe o pulso, auscultou-o com o semblante carregado e disse, depois de longa pausa:

– Não diagnostico por enquanto, porque não sou leviano como “certos” por aí. Sem auscultação estetoscópica nada posso dizer. Voltarei mais tarde.

– Vê? – disse Mendanha à esposa logo que o moço partiu. – Fosse Moura, ou qualquer dos tais, e já dali da porta vinha berrando que era isto mais aquilo. Este é consciencioso. Quer fazer uma auscultação, quê?

– Estereoscópica, parece.

– Seja o que for. Quer fazer a coisa pelo direito, é o que é.

Voltou o moço logo depois e com grande cerimonial aplicou o instrumento no peito magro do doente. Vincou de novo a fisionomia das rugas da concentração e concluiu com imponente solenidade:

– É uma pericardite aguda agravada por uma flegmasia hepático-renal.

O doente arregalou o olho. Nunca imaginara que dentro de si morassem doenças tão bonitas, embora incompreensíveis.

– E é grave, doutor? – perguntou a mulher, assustada.

– É e não é! – respondeu o sacerdote. – Seria grave se, modéstia de lado, em vez de me chamarem a mim chamassem a um desses mata-sanos que por aí rabulejam. Comigo é diferente. Tive no Rio, na clínica hospitalar, numerosos casos mais graves e a nenhum perdi. Fique descansada que porei o seu marido completamente são dentro de um mês.

– Deus o ouça! – rematou a mulher acompanhando-o até a porta e já meio reconciliada com a “antipatia”.

– Então? – perguntou-lhe o doente. – Fiz ou não fiz bem em chamar este moço?

– Parece... Deus queira tenhamos acertado, porque isto de médicos é sorte.

– Não é tanto assim – reguingou o velho. – Os que sabem, conhecem-se por meia dúzia de palavras, e este moço ou muito me engano ou sabe o que diz. Fosse Fortunato...

E riu-se lá consigo ao imaginar as doencinhas caseiras que Fortunato descobriria nele...

A doença do major Mendanha ninguém soube qual fosse. O lindo diagnóstico de Inacinho não passava de mera sonoridade pelintra. Bacorejara ao moço que o velho tinha o coração fraco e qualquer maromba no fígado. Isto porque lhe doía, a ele, aqui no “vazio”; aquilo por ser natural. Confessá-lo com esta sem-cerimônia, porém, seria fazer clínica à moda de Fortunato, e desmoralizar-se. Além do mais, quem sabe lá se não estaria ali o sonhado lance? Prolongar a doença... Engordar a maquia...

Inácio não enxergava em Mendanha o doente, mas uma bolada maior ou menor, conforme a habilidade do seu jogo. A saúde do velho importava-lhe tanto como as estrelas do céu – exceção feita à “Cabeleira de Berenice”. Como desadorasse a medicina, não vendo nela mais que um meio rápido de enriquecer, nem sequer lhe interessava o “caso clínico” em si, como a muitos. Queria dinheiro, porque o dinheiro lhe daria Paris, com Yvonne de lambuja. Ora, o major tinha trezentas apólices... Dependia pois da sua artimanha malabarizar aquele fígado, aquele coração, aquelas palavras gregas e, num prestidigitar manhoso, reduzir tudo a uns tantos contos de réis bem sonantes.

Mandou carta à francesinha: “Os negócios melhoraram. Estou metido em uma empresa que se me afigura rendosa. Saindo tudo a contento, tenho esperanças de inda este ano beijar-te sob a luz da terna confluente dos nossos olhares...”

O velho piorou com a medicação. Injeções hipodérmicas, cápsulas, pílulas, poções, não houve terapêutica que se não experimentasse desastrosamente.

– É mais grave o caso do que eu supunha – disse o doutor à mulher – e os escrúpulos do meu sacerdócio aconselham-me a pedir conferência médica. Os colegas da terra são os que a senhora sabe; entretanto, submeto-me a ouvi-los.

– Não, doutor! Mendanha não quer ouvir falar nos seus colegas; só tem confiança no doutor Inácio Gama.

– Nesse caso...

Inacinho voltou para casa esfregando as mãos. Estava só em campo, com todos os ventos favoráveis. Paris corria-lhe ao encontro...

Malgrado seu, na semana seguinte, inesperadamente, o raio do major apresentou melhoras. Sarava, o patife! E a Inácio palpitou que com mais uma quinzena daquela arribação o homem se punha de pé.

Fez os cálculos: trinta visitas, trinta injeções e tal e tal: três contos. Uma miséria! Se morresse, já o caso mudava de figura, poderia exigir vinte ou trinta.

Era costume daqueles tempos fazerem-se os médicos herdeiros dos clientes. Serviços pagos em caso de cura aí com centenas de mil-réis, em caso de morte reputavam-se em contos. Se os interessados relutavam no pagamento, a questão subia aos tribunais, com base no arbitramento. Os árbitros, mestres do mesmo ofício, sustentavam o pedido por coleguismo, dizendo em latim: *“Hodie mihi, cras tibi”*, cuja tradução médica é: “Prepare-se você para me fazer o mesmo, que também pretendo dar a minha cartada”.

Inácio ponderou tudo isto. Mediu prós e contras. Consultou acórdãos. E tão absorvido no problema andou que à noite se deixava ficar à janela até tarde, mergulhado em cismas, sem erguer os olhos para a Berenice estelar.

O que a sua cabeça pensou ninguém o saberá jamais. Tem as ideias para escondê-las a caixa craniana, o couro cabeludo, a grenha; isso por cima; pela frente têm a mentira do olhar e a hipocrisia da boca. Assim entrincheiradas, elas, já de si imateriais, ficam inexpugnáveis à argúcia alheia. E vai nisso a pouca de felicidade existente neste mundo sublunar. Fosse possível ler nos cérebros claro como se lê no papel e a humanidade crispar-se-ia de horror ante si própria...

Positivo como era Inacinho, supomos que meteu em equação o problema das duas vidas.

Primeira hipótese:

Cura do major = três contos.

Três contos = Itaoca, pasmaceira etc....

Segunda hipótese:

Morte do major = trinta contos.

Trinta contos = Paris, Yvonne, "Bois"...

Depois desta sólida matemática, esta anavalhante filosofia: "A morte é um preconceito. Não há morte. Tudo é vida. Morrer é transitar de um estado para outro. Quem morre, transforma-se. Continua a viver inorganicamente, transmutado em gases e sais, ou organicamente, feito lucílias, necróforas e uma centena de outras vidinhas esvoaçantes. Que importa para a universal harmonia das coisas esta ou aquela forma? Tudo é vida. A vida nasce da morte. Eu preciso, eu 'quero' viver a minha vida. Há óbices no caminho? Afasto-os..."

Fiquemos por aqui. Não há tempo para filosofias, porque o major Mendanha piorou subitamente e lá agoniza. Morreu.

O atestado de óbito deu como "causa-mortis" flegmatite complicada com necrose elipsoidal. Podia batizá-la de embolia estourada, nó cego na tripa, tuberculose mesentérica, estupor granuloso peristáltico, ou qualquer outro dos cem mil modos de morrer à grega.

Morreu, e está dito tudo. Morreu, e o doutor Inacinho apresentou no inventário uma conta de chegar: trinta e cinco contos de réis.

Os herdeiros impugnaram o pagamento. Move-se a traquitana da Justiça. Mói-se o palavreado tabelionesco. Saem das estantes carunchosos trabucos romanos. Procede-se ao arbitramento.

Os árbitros são Fortunato e Moura, os quais disseram entre si:

– Que grande velhaco! Mata o homem e ainda por cima quer ficar-se herdeiro! O tratamento, alto e malo, não vale cem mil-réis. Que valha duzentos. Que valha um conto ou três. Mas trinta e cinco? É ser ladrão!...

No laudo, entretanto, acharam relativamente módico o pedido – sem dizer relativo ao quê.

A Justiça engoliu aquele papel, gestou-o com outros ingredientes da praxe e, a cabo de prazos, partejou um monstrozinho chamado sentença, o qual obrigava o espólio a aliviar-se de trinta e cinco contos de réis em proveito do médico, mais as custas da esvurmadela forense. Inacinho, radiante, embolsou os cobres e reconciliou-se com os dois colegas que, afinal de contas, não eram os cretinos que supusera.

– Colegas, o passado, passado; agora, para a vida e para a morte!

– Pois está visto! – disse Fortunato. – Tolo andou você em abrir luta com os que ajudam o negócio. O coleguismo: eis a nossa grande força!...

– Tem razão, tem razão. Criançada minha, ilusões, farofas que a idade cura...

Que mais? Que voou a Paris? É claro. Voou e lá está sob o pálio da grenha astral, a passear com a Yvonne no "Bois".

Ao pai escreveu:

"Isto é que é vida! Que cidade! Que povo! Que civilização! Vou diariamente à Sorbonne ouvir as lições do grande Doyen e opero em três hospitais. Voltarei não sei quando. Fico por cá durante os 35 contos, ou mais, se o pai entender de auxiliar-me neste aperfeiçoamento de estudos."

A Sorbonne é o apartamento em Montmartre onde compartilha com o apache de Yvonne o dia da rapariga. Os três hospitais são os três cabarés mais à mão.

Não obstante, o pai cismou naquilo cheio de orgulho, embora pesaroso: não estar viva Joaquininha para ver em que alturas pairava Nico – Nico do sanhaço estripado... Em Paris! Na Sorbonne!... Discípulo querido do Doyen, o grande, o imenso Doyen!...

Mostrou a carta aos médicos reconciliados.

– Isso de hospitais – gemeu o invejoso Fortunato – é uma mina. Dá nome. Para botar nos anúncios é de primeiríssima.

– E o Doyen? – murmurou, baboso, o embevecido pai. – Não há como a gente apropinquar-se das celebridades...

– É isso mesmo – concluiu Moura, relanceando um olhar a Fortunato num comentário mudo àquele mirífico apropinquamento. E os dois enxugaram, a uma, os copos da cerveja comemorativa mandada abrir pelo bem-aventurado coronel.

Bucólica

1915

Tanta chuva ontem!... O cedrão do posto fendido pelo raio – e hoje, que manhã!

A natureza orvalhada tem a frescura de uma criancinha ao deixar o banho. Inda há rolos de cerração vadia nas grotas. O sol já nado e ela com tanta preguiça de recolher os véus de neblina... A vegetação toda a pingar orvalho, bisbilhante de gotas que caem e tremelicam, sorri como em êxtase. Há em cada vergôntea folhinhas de esmeralda tenras brotadas durante a noite. A mão de quem passa não resiste; colhe-as de alcance, porque é um gosto mordiscar--lhes a polpa macia.

Meu Deus! O que vai de aranhóis pela relva – nos galhinhos de joveva, nas flechas de capim, grandes e pequeninos, todos mimosos de desenho, tecidos a fio de seda... Compraz-se a noite em agrumar neles milhões de diamantezinhos que a luz da manhã irisa. Malmequeres por toda a parte – amarelos, brancos. E tanta flor sem nome...

– Flor à toa – diz a gente roceira.

São, coitadinhas, a plebe humílima. A nobreza floral mora nos jardins, esplendendo cores de dança serpentina sob formas luxuriosas de odaliscas. A duquesa Dália, sua majestade a Rosa, o samurai Crisântemo – que fidalguia! Bem longe estão destas aqui, azuleguinhas, pouco maiores do que uma conta de rosário.

Não obstante, vejo nestas mais alma. Leio mil coisas na sua modéstia. Lutaram sem tréguas contra o solo tramado de raízes concorrentes, contra as lagartas, contra os bichos que pastam. Que tenacidade, que prodígio de economia não representam estas iscas de pétalas, e o perfume agreste que as oloriza, e a cor – tentativa de azul – com que se enfeitam, as feiticeirinhas!

São belas, sim – da sua beleza, a beleza selvática das coisas que jamais sofreram a domesticação do homem.

As flores de jardim: escravas de harém... Adubo farto, terra livre, tutores para a haste, cuidados mil – cuidados do homem para com a rês na ceva... As agrestes morrem livres no hastil materno; as fidalgas, na guilhotina da tesoura. Fábula do lobo e do cão...

Que ar! A gente das cidades, afeita a sorver um indecoroso gás feito de pó em suspensão num misto de mau azoto e pior oxigênio, ignora o prazer sadio que é sentir os pulmões borbulhantes deste fluido vital em estado de virgindade. O oxigênio fresquinho foi elaborado naquele momento pela vegetação viçosa. Respirá-lo é sorver vida à nascente.

Ali, o rio. Ingazeiros desgalhados pendem sobre ele as franças, cujas pontas lhe arrepiam o espelho das águas. Caem na corrente flores mortas. O movediço esquife condu-las com mimo até a barulhenta corredeira próxima; lá, irritado, amarfanha-as, fá-las pedaços – e as coitadinhas viram babugem.

Margeia o rio a estrada, ora de ocre amarelo, ora roxo-terra; aqui, túnel sob a verdura picada no alto de nesgões de luz; além, escampa. Nos barrancos há tocos de raízes decepadas pelo enxadão, e covas de formigueiros mortos onde as corruílas armam ninho.

Surgem casebres de palha.

Lá na aguada bate roupa uma mulher.

Rumor no mato... Sai dele, de lenha ao ombro, uma cabocla.

– Sinh'Ana, bom dia! Que é de Luís?

– No eito, coitado.

Sarou bem?

– Ché, que esperança! Melhorzinho. Panarício é uma festa!... Baitacas em bando, bulhentas, a sumirem-se num capão de angico. Borboletas amarelas nos úmidos. Parece um debulho de flores de ipê.

Um preá que corta o caminho.

– Pega, Vinagre!

Outra casinha, lá longe. É a toca do Urunduva, caboclo maleiteiro. Este diabo tem no sítio a coisa mais bela da zona – a paineira grande. Dirijo-me para lá. Um carreirinho entre roças, a pinguela, um valo a saltar... Ei-la! Que maravilha!

Derreada de flores cor-de-rosa, parece uma só imensa rosa crespa. Beija-flores como ali ninguém jamais viu tantos. Milheiros não digo – mas centenas, uma centena pelo menos lá está zunindo. Chegam de longe todas as manhãs enquanto dura a festa floral da paineira mãe. Voejam rápidos como o pensamento, ora librados no ar, sugando uma corola, ora riscando curvas velocíssimas, em trabalhos de amor.

Que lindo amor – alado, rutilante de pedrarias!...

Respiro um ar cheiroso, adocicado, e fico-me em enlevo a ver as flores que caem regirantes. Se afla mais forte a brisa, despegam-se em bando e recamam o chão. Devem ser assim as árvores do país das fadas...

– Urunduva? É ele mesmo. Amarelo, inchado, a arrastar a perna...

– Então, meu velho, na mesma?

– Melhorzinho. A quina sempre é remédio.

– Isso mesmo, quina, quina.

– É... mas está cara, patrão! Um vidrinho assim, 3 cruzados. Estou vendo que tenho de vender a paineira.

– ??

– Não vê que Chico Bastião dá dezoito mil-réis por ela – e inda um capadinho de choro. Como este ano carregou demais, vem paina pra arrobas. Ele quer aproveitar; derruba e...

– Derruba!...

– Derruba e...

– Por que não colhe a paina com vara, homem de Deus?

– Não vê que é mais fácil derrubar...

– Derruba!...

Fujo dali com este horrível som a azoinar-me a cabeça. Aquela maleita ambulante é “dona” da árvore. Urunduva está classificado no gênero “Homo”. Goza de direitos. É rei da criação e dizem que feito à imagem e semelhança de Deus.

Roças de milho. A terra calcinada, com as cinzas escorridas pelo aguaceiro da véspera, inça-se de tocos carbonizados, e árvores enegrecidas até meia altura, e paulama em carvão. Entremeio, covas de milho já espontando folhinhas tenras.

– Derruba!...

Adiante, feijão. O terreno varrido, cor de sépia, pontilhado pelo verde das plantas recém-vindas, lembra chita de velha: as velhas gostam de chitas escuras com pintas verdes.

É aqui o sítio de Maria Veva. Tem ruim fama esta mulher papuda. Má até ali, dizem.

O marido – coitado – um bobo que anda pelo cabresto – Pedro Suã. Ganhou este apelido desde o célebre dia em que a mulher o surrou com um suã de porco. Lá vem ele, de espingardinha...

– Vai caçar?

– Antes fosse. Vou cuidar do enterro.

– Enterro?...

– Pois morreu lá a menina, a Anica.

– Pobrezinha! De quê?

– A gente sabe? Morreu de morte...

Estúpido!

Sem querer, dirijo-me para a casa dele. Não gosto de Veva. É horrenda, beiço rachado, olhar mau – e aquele papo!

– Então, nhá, morreu a menina? Soube-o inda agora pelo Suã...

– É.

Que resposta seca!

– E de que morreu?

– Deus é que sabe.

Peste! E como a atrevidaça me olha duro! Sinto-me mal em sua presença.

– Adeus, Sicorax!

Para alguma coisa sirva a literatura...

Arrepio caminho, entristecido. A manhã vai alta, já crua de luz. O sol, estúpido; o azul, de irritar. Que é dos aranhóis? Sumiram-se com o orvalho que os visibiliza. Estão agora invisíveis, a apanhar insetinhos incautos que nhá Veva Aranha devora. A paisagem perdeu o encanto da frescura e da bruma. Está um lugar comum. Não vejo flores nem pássaros. O excesso de luz dilui as flores, o calor esconde as aves. Só um carcará resiste ao mormaço, empoleirado num tronco seco de peroba. Está de tocaia aos pintos do Urunduva, o rapinante.

Um vulto... É mulher... Será Inácia? Vem de trouxa à cabeça. É ela mesma, a preta agregada aos Suãs.

– Então, rapariga?

– Ai, seu moço, vou-me embora. Alguém há de ter dó da velha. Na casa da peste papuda, nem mais um dia! Antes morrer de fome...

– Que coisa houve?

– Não sabe que morreu a aleijadinha? Pois é, morreu. Morreu, a pobre, só porque ontem esta sua negra foi no bairro do Libório e a chuva me prendeu lá. Se eu pudesse adivinhar...

– Mas de que morreu a menina, criatura?

– Sabe do que morreu? Morreu... de sede! Morreu, sim, eu juro, um raio me parta pelo meio se a coitadinha não morreu...

Aqui soluços de choro cortaram-lhe a voz.

– ... de seeeede! Meu Deus do céu, o que a gente não vê neste mundo!

A menina era entrevada, e a mãe, má como a irara. Dizia sempre: "Pestinha, por que não morre? Boca à toa, a comer, a comer. Estica o cambito, diabo!". Isto dizia a mãe – mãe, hein? Inácia, entretanto, morava lá só para zelar da aleijadinha. Era quem a vestia, e a lavava, e arrumava o pratinho daquele passarico enfermo. Sete anos assim. Excelente negra!

– Coisa de três dias garrou uma doencinha, dor de cabeça, febre. Dei chá de hortelã; nada. Dei cidreira; nada. Sempre a quentura da febre. Disse comigo: "Vou lá no bairro e trago uma dose". Fui, é longinho, três quartos de légua. O curador me deu a dose, mas quem disse de poder voltar? Uma chuvarada... Pousei no Libório. Hoje, manhãzinha, vim.

Entrei alegre, pensando: a coitadinha vai sarar. Eu que pisei na alcova, dou com a menina espichada na esteira, fria. “Anica! Anica!” Quando vi bem que estava morta de verdade, ah, seu moço, berrei como nunca na minha vida.

– “Nhá Veva, de que jeito morreu Anica, conte, conte!”

Nhá Veva quieta, repuxando a boca. Uma pedra! Caí em cima da menina, beijei, chorei. Nisto, uma cutucada – era Zico, aquele negrinho, sabe? Olhei pra ele: fez jeito de me falar longe da taturana. Lá fora me contou tudo. A menina, desde que eu saí, piorou. Mas quietinha sempre. Noite alta, gemeu.

– “Cala a boca, peste!” – gritou do outro quarto a mãe – mãe, veja!

– “Quero água, nhá mãe.”

– “Cala a boca, peste!”

A menina calou. Mais tarde gemeu outra vez, baixinho.

– “Quero água! Quero água!”

Ninguém se mexeu.

– “E tu, negrinho safado, por que não acudiu a menina?”

– “Não vê! Eu conheço nhá Veva!...

Seu Pedro, aquele trapo, esse estava na pinga de todo dia. Ninguém na casa para chegar uma caneca d’água à boca da doentinha. Ela, um chorinho ainda; depois, mais nada. De manhã...

Lágrimas escorriam a fio pela cara da preta e soluços de dor cortavam--lhe as palavras.

– De manhã foram encontrar a menina morta na cozinha, rente ao pote d’água. Arrastou-se até lá, o anjinho que nem se mexer na cama podia – e morreu de sede diante da água!...

– Quem sabe se...

– Não bebeu, não! O pote, em cima da caixa, ficava alto, e a caneca estava tal e qual no lugarzinho do costume. Não bebeu, não! Morreu de sede, o anjo!

Enxugou as lágrimas na manga.

– Agora vou no Libório. Se ele me quiser, fico. Se não, sou bem capaz de me pinchar nesse rio. Este mundo não paga a pena...

Sol a pino. Desânimo, lassidão infinita...

O mata-pau
1915

Píncaros arriba e perambeiras abaixo, a serra do Palmital escurece de mataria virgem, sombria e úmida, tramada de taquaruçus, afestoada de taquaris, com grandes árvores velhas de cujos galhos pendem cipós e escorrem barbas-de-pau e musgos.

Quem sobe da várzea, depois de transpostas as capoeiras da raiz, ao emboscar-se de chofre no frio túnel vegetal que é ali a estrada inevitavelmente espirra. E se é homem das cidades, pouco afeito aos aspectos bravios do sertão, depois do espirro abre a boca, pasmado da paulama. Extasia-se ante a graciosa copa dos samambaiaçus, ante as borboletas azuis, ante as orquídeas, os liquens, tudo.

Sofria o animal sem o sentir, mas não para. Vai parar adiante, na Volta Fria, onde um broto d'água gelada, a fluir entremeio às pedras, o tenta a sorver um gole aparado em folha de caeté. Bebida a água, e dito que nas cidades não há daquilo, leva-lhe a vista o soberbo mata-pau que domina o grotão.

– Que raio de árvore é esta? – pergunta ele ao capataz, pasmado mais uma vez.

E tem razão de parar, admirar e perguntar, porque é duvidoso existir naquelas sertanias exemplar mais truculento da árvore assassina.

Eu, de mim, confesso, fiz as três coisas. O camarada respondeu à terceira:

– Não vê que é um mata-pau?

– E que vem a ser o mata-pau?

– Não vê que é uma árvore que mata outra? Começa, quer ver como? – disse ele escabichando as frondes com o olhar agudo em procura dum exemplar típico. – Está ali um!

– Onde? – perguntei, tonto.

– Aquele fiapinho de planta, ali no gancho daquele cedro – continuou o cicerone, apontando com dedo e beiço uma parasita mesquinha grudada na forquilha de um galho, com dois filamentos escorridos para o solo. – Começa assinzinho, meia dúzia de folhas piquiras; bota pra baixo esse fio de barbante na tenção de pegar a terra. E vai indo, sempre naquilo, nem pra mais nem pra menos, até que o fio alcança o chão. E vai então o fio vira raiz e pega a beber a sustância da terra. A parasita cria fôlego e cresce que nem imbaúba. O barbantinho engrossa todo dia, passa a cordel, passa a corda, passa a pau de caibro e acaba virando tronco de árvore e matando a mãe – como este guampudo aqui – concluiu, dando com o cabo do relho no meu mata-pau.

– Com efeito! – exclamei admirado. – E a árvore deixa?

– Que é que há de fazer? Não desconfia de nada, a boba. Quando vê no seu galho uma isca de quatro folhinhas, imagina que é parasita e não se precata. O fio, pensa que é cipó. Só quando o malvado ganha alento e garra de engrossar, é que a árvore sente a dor dos apertos na casca. Mas é tarde. O poderoso daí por diante é o mata-pau. A árvore morre e deixa dentro dele a lenha podre.

Era aquilo mesmo! O lenho gordo e viçoso da planta facinorosa envolvia um tronco morto, a desfazer-se em carcoma. Viam-se por ele arriba, intervalados, os terríveis cíngulos estranguladores; inúteis agora, desempenhada já a missão constritora, jaziam frouxos e atrofiados.

Imaginação envenenada pela literatura, pensei logo nas serpentes de Laocoonte, na víbora aquecida no seio do homem da fábula, nas filhas do rei Lear, em todas as figuras clássicas da ingratidão. Pensei e calei, tanto o meu companheiro era criatura simples, pura dos vícios mentais que os livros inoculam. Encavalgamos de novo e partimos.

Não longe dali a serra complana-se em rechã e a mata míngua em capoeira rala, no meio da qual, em terreiro descoivarado, entremostra-se uma tapera. Esverdece o melão de São Caetano por sobre o derruído tapume do quintalejo, onde laranjeiras com erva-de-passarinho e uma ou outra planta doméstica marasmam agoniadas pelo mato sufocante.

– Antigo sítio de Elesbão do Queixo d'Anta – explicou o camarada.

– Largado? – perguntei.

– Há que anos! Desde que mataram o homem ficou assim.

Bacorejou-me história como as quero.

– Mataram-no? Conte lá isso como foi.

O camarada contou a história que para aqui traslado com a possível fidelidade. O melhor dela evaporou-se, a frescura, o correntio, a ingenuidade de um caso narrado por quem nunca aprendeu a colocação dos pronomes e por isso mesmo narra melhor que quantos por aí sorvem literaturas inteiras, e gramáticas, na ânsia de adquirir o estilo. Grandes folhetinistas andam por este mundo de Deus perdidos na gente do campo, ingramaticalíssima, porém pitoresca no dizer como ninguém.

Elesbão morava com o pai no Queixo d'Anta, onde nascera. Quando a puberdade lhe engrossou a voz, disse ao velho:

– Meu pai, quero casar.

O pai olhou para o filho pensativamente; em seguida falou:

– Passarinho cria pena é para voar. Se você já é homem, case.

O rapaz pediu-lhe que pusesse em prova a sua virilidade.

O pai refletiu e disse:

– Derrube o jataí da grotinha, sem tomar fôlego.

Elesbão afiou o machado, arregaçou as mangas e feriu o pau. Em toada de compasso, bateu firme a manhã inteira. À hora do almoço, o *pan pan* continuava sem esmorecimento. Só quando o sol aprumou no pino é que a madeira gemeu o primeiro estalido.

– Está no chão – disse o pai, que se acercara do filho exausto, mas vitorioso. – Pode casar. É homem.

Elesbão trazia de olho uma menina das redondezas, filha do balaieiro João Poca, Rosinha, bilro sapiroquento de treze anos, feiosa como um rastolho.

– Meu pai, eu quero Rosinha Poca.

– Case. Mas ouça o que digo. Os Pocas não são boa gente. Os machos ainda servem – João é um coitado, Pedro não é má bisca; mas as saias nunca valeram nada. A mãe de Rosa é falada. Laranjeira azeda não dá laranja-lima. Você pense.

– Meu pai, o futuro é de Deus. Eu quero casar com Rosinha.

– Pois case.

Deliberado com tal firmeza, Elesbão tratou de sitiar-se. Arrendou a rechã da tapera, roçou, derrubou, queimou, plantou, armou a choça. Barreadas que foram as paredes, pediu a menina e casou-se.

Rosa só o era no nome. No corpo, simples botão inverniço, desses que melam aos frios extemporâneos de maio. Olhos cozidos e nariz arrebitado, tal qual a mãe. Feia, mas da feiura que o tempo às vezes conserta. Talvez se fiasse nisso o noivo.

Elesbão, rijo no trabalho, prosperou. Aos três anos de labuta era já sitiante de monjolo, escaroçador e cevadeira[1], com dois agregados no eito.

Prole, até esse tempo nenhuma; e isso entristecia a casa. Mas resignavam-se já ao vazio da esterilidade quando certa noite soou choro de criança no terreiro.

Não se conta o terror de ambos – que aquilo era na certa alma penada de criança morta pagã. Como, entretanto, a pobre alma berrasse com pulmões muito da terra, e cada vez mais, Elesbão duvidou do bruxedo e, acendendo uma braçada de palha, lançou-a fora pela janela. O terreiro clareou até longe e eles viram, a pouca distância, uma criaturinha de gatas a berrar com desespero de quem é absolutamente deste mundo.

– E não é que é uma criança de verdade? – exclamou ele, saído de um assombro e entrado noutro. – E agora?

1. Aparelho rústico de ralar mandioca.

– Pois é recolhê-la – disse Rosa, cujo instinto de mulher só via no caso um pobre enjeitadinho ao léu, a reclamar conchego.

Recolheu-o Elesbão, depondo o chorincas no colo da esposa. Rosa o estreitou ao seio, acalmando-o, ao mesmo tempo que "assentava" o marido.

– Se não aparecer a mãe, cria-se o aparecido. Faz tanta falta um chorinho por aqui...

No dia seguinte bateram as vizinhanças em indagações, sem nada colherem explicativo do estranho caso. Resolveram, pois, adotar o pequeno.

O pai de Elesbão, consultado, ponderou:

– Não presta criar filho alheio.

Mas como o consulente armasse cara de vacilação, remendou logo a sua filosofia:

– Também não é caridade enjeitar um enjeitado – e ficou-se nisso.

Rosa conservou o pequeno e deu com ele criado à força de leite de cabra e caldinhos.

À medida, porém, que medrava, o menino punha a nu a má índole congenial. Não prometia boa coisa, não.

– Eu avisei – recordou o velho, como Elesbão se queixasse um dia da ruim casta do recolhido.

– Meu pai disse também que não era caridade enjeitar um enjeitado...

– É verdade, é verdade... – confirmou o filósofo de pé no chão, e calou-se.

Manoel Aparecido era o nome do rapazinho. Como tivesse olhos gateados e cabelos louros de milho, denunciadores de origem estrangeira, puseram-lhe os vizinhos a alcunha de Ruço.

Ganhou fama de madraço, e o era perfeito, inimigo de enxada e foice, só atento a negociatas, barganhas, espertezas. Amado por Rosa como filho, livrava-o ela da sanha do esposo escondendo suas malandragens, porque Elesbão vivia ameaçando endireitá-lo a rabo de tatu.

Não endireitou coisa nenhuma. Com dezoito anos era Ruço a peste do bairro, atarantador dos pacíficos e traiçoeiro para com os escoradores.

– É ruim inteirado! – dizia o povo.

Por esse tempo navegava Rosa na casa dos trinta anos. Como a não estragaram filhos, nem se estragou ela em grosseiros trabalhos de roça, valia muito mais do que em menina. O tempo curou-lhe a sapiroca, e deu-lhe carnes a boa vida. De tal forma consertou que todo mundo gabava o arranjo.

– Ninguém perca a esperança. Olhem a mulher de Elesbão, aquela Poquinha sapiroquenta, como está chibante!...

A sua boniteza residia na saúde dos olhos e na gordura. Na roça, gordura é sinônimo de beleza – gordura e "olhos azuis que nem uma conta"...

Além disso Rosinha cuidava de si. Virou faceira. Sempre limpa, vestida de boas chitas da sua cor, cabelos bem alisados para trás, torcidos em pericote lustroso à força de pomada de lima, não havia na serra pimpona assim nem moça de fazenda com pai coronel.

Suas relações com Ruço, maternais até ali, principiaram a mudar de rumo, como quer que espigasse em homem o menino. Por fim degeneraram em namoro – medroso no começo, descarado ao cabo. A má casta das Pocas, desmentida no decurso da primavera, reafirmava-se em plena sazão calmosa. O verão das Pocas! Que forno...

Tudo transpira. Transpirou nas redondezas a feia maromba daqueles amores. Boas línguas, e más, boquejavam o quase incesto.

Quem de nada nunca suspeitou foi o honradíssimo Elesbão; e como na porta dos seus ouvidos paravam os rumores do mundo, a vida das três criaturas corria-lhes na toada mansa a que se dá o nome de felicidade.

Foi quando caiu de cama o pai de Elesbão, doente de velhice.

Mandou chamar o filho e falou-lhe com voz de quem está com o pé na cova:

– Meu filho, abra os olhos com Poca...

– Por que fala assim, meu pai?

O velho ouvira o zum-zum da má vida; vacilava, entretanto, em abrir os olhos ao empulhado. Correu a mão trêmula pela cabeça do filho, afagou-a e morreu sem mais palavra. Sempre fora amigo de reticências, o bom velho.

Elesbão regressou ao sítio com aquele aviso a verrumar-lhe os miolos. Passou dias de cara amarrada, acastelando hipóteses.

Vendo o marido assim demudado, casmurro, de prazenteiro que era, Rosa caiu em guarda. Chamou de banda Ruço e disse-lhe:

– Lesbão, desde que morreu o pai, anda amode que ervado. Mas não é sentimento, não. Ele desconfia... Às vezes pega de olhar para mim dum jeito esquisito, que até me gea o coração...

Manoel segurou o queixo e refletiu. Continuar naquela vida era arriscado. Ir-se, pior; nada possuía de seu e trabalhar para outrem não era com ele. Se Elesbão morresse...

Não se sabe se houve concerto entre os amásios. Mas Elesbão morreu. E como!

Certa vez, de volta da vila próxima ali pelo escurecer, caiu de borco na Volta Fria, barbaramente foiçado na nuca. Descobriram-lhe o cadáver pela manhã, bem rente ao mata-pau.

A justiça, coitadinha, apalpou daqui e dali, numa cegueira... Desconfiou de Ruço – mas cadê provas? Era Ruço mais fino que o delegado, o promotor, o juiz – mais até que o vigário da vila, um padre gozador da fama de enxergar através das paredes.

A viúva chorou como mamoeiro lanhado – fosse de sentimento, de remorso ou para iludir aos outros. Talvez sem cálculo nenhum pelos três motivos.

Manoel permaneceu na casa. Viviam como filho e mãe, dizia ela; como marido e mulher, resmungava o povo.

O sítio, porém, entrou logo a desmedrar. Comiam do plantado, sem lembrança de meter na terra novas sementes. O moço ambicionava vender as benfeitorias para mergulhar no Oeste, e como Rosa relutasse deu de maltratá-la.

Estes amores serôdios são como a vide: mais judiam deles, mais reviçam. Às brutalidades de Ruço respondia a viúva com redobros de carinho. Seu peito maduro, onde o estio no fim anunciava o inverno próximo, chamejava em fogo bravo, desses que roncam nas retranças dos taquaruçuzais. E isso vingava Elesbão, esse amor sem jeito, sem conta, sem medida, duas vezes criminoso sobre sacrílego e, o que era pior, aborrecido pelo facínora, já farto.

– Coroca! Sapicuá de defunto! Cangalha velha!

Não havia insulto com o peão do veneno plantado na nota da velhice que lhe não desfechasse, o monstro.

Rosa depereceu a galope. Adeus, gordura! Boniteza outoniça, adeus! Saias a ruflar tesas de goma, pericote luzidio recendente a lima, quando mais?

Os vizinhos comentavam:

– “Ruço dá cabo dela, como deu cabo do marido – e é bem feito.”

Voz do povo...

Um dia Ruço ameaçou de largá-la, se não vendesse tudo, já e já; e a pobre mulher deu ao bandido essa derradeira prova de amor. Vendeu por uma bagatela o que restava acumulado pelo esforço do defunto – a moenda, o monjolo, a casa, o canavial em soca. E combinaram para o outro dia o ambicionado mergulho na terra roxa.

Nessa noite Rosa despertou sufocada por violenta fumaceira. A casa ardia. Saltou como louca da enxerga e berrou por Ruço.

Ninguém lhe respondeu.

Atirou-se contra a porta: estava fechada por fora.

O instinto fê-la agarrar o machado e romper a furiosos golpes as tábuas rijas. Escapa-se da fornalha, rola para o terreiro com as vestes em fogo, precipita-se no tanque e, livre das chamas, cai inerte para um lado – justamente onde vinte anos atrás vira o enjeitadinho chorando ao relento...

Quando de manhã passantes a recolheram, estava de olhos pasmados, muda. Levaram-na em maca para o hospital, onde sarou das queimaduras, mas nunca mais do juízo. Foi feliz, Rosa. Enlouqueceu no momento preciso em que seu viver ia tornar-se puro inferno.

– E Ruço?

– Abalou com o dinheiro...

Aí parava a história de Elesbão, como a sabia o meu camarada. Um crime vulgar como os há na roça às dezenas, se a lembrança do mata-pau o não colorisse com tintas de símbolo.

– Não é só no mato que há mata-paus!... – murmurei eu filosoficamente, à guisa de comentário.

O capataz entreparou um momento, como quem não entende. Depois abriu na cara o ar de quem entendeu e gostou.

– Não é por gabar, mas vosmecê disse aí uma palavra que merece escrita. É tal e qual...

E calou-se, de olho parado, pensativo.

Bocatorta

1915

A quarto de légua do arraial do Atoleiro começam as terras da fazenda de igual nome, pertencente ao major Zé Lucas. A meio entre o povoado e o estirão das matas virgens dormia de papo acima um famoso pântano. Pego de insidiosa argila negra fraldejado de velhos guembês nodosos, a taboa esbelta cresce-lhe à tona, viçosa na folhagem erétil que as brisas tremelicam. Pela inflorescência, longas varas soerguem-se a prumo, sustendo no ápice um chouriço cor de telha que, maturado, se esbruga em paina esvoaçante. Corre entre seus talos a batuíra de longo bico, e saltita pelas hastes a corruíra do brejo, cujo ninho bojudo se ouriça nos espinheiros marginais. Fora disso, rãs, mimbuias pensativas e, a rabear nas poças verdinhentas de algas, a traíra, esse voraz esqualozinho do lodo. Um brejo, enfim, como cem outros.

Notabiliza-o, porém, a profundidade. Ninguém ao vê-lo tão calmo sonha o abismo traidor oculto sob a verdura. Dois, três bambus emendados que lhe tentem alcançar o fundo subvertem-se na lama sem alcançar pé.

Além de vários animais sumidos nele, conta-se o caso de Simas, português teimoso que, na birra de salvar um burro já atolado a meio, se viu engolido lentamente pelo barro maldito. Desde aí ficou o atoleiro gravado na imaginativa popular como uma das bocas do próprio inferno.

Transposto o abismo a vegetação encorpa, até formar a mata por cujo seio corre a estrada mestra da fazenda.

Na manhã daquele dia passara por ali o trole do fazendeiro, de volta da cidade. Além do velho, de sua mulher Don'Ana e de Cristina, a filha única, vinha a passeio o bacharel Eduardo, primo longe e noivo da moça. Chegaram e agora ouviam na varanda, da boca de Vargas, fiscal, a notícia do sucedido durante a ausência. Já contara Vargas do café, da puxada dos milhos e estava na criação.

– Porcos têm sumido alguns. Uma leitoa rabicó e um capadete malhado dos "Polanchan"[1], há duas semanas que moita. Para mim – ninguém me tira da cabeça –, o ladrão foi o negro, inda mais que essa criação costumava se alongar das bandas do brejo. Eu estou sempre dizendo: é preciso tocar de lá o raio do maldelazento. Aquilo, Deus me perdoe, é bicho ruim inteirado. Mas não "querem" me acreditar...

O major sorriu àquele "querem". Vargas, com ojeriza velha ao mísero Bocatorta, não perdia ensanchas de lhe atribuir malefícios e de estumar o patrão a corrê-lo das terras – que aquilo, Nossa Senhora!, até enguiçava uma fazenda...

Interessado, o moço indagou da estranha criatura.

– Bocatorta é a maior curiosidade da fazenda – respondeu o major. – Filho duma escrava de meu pai, nasceu, o mísero, disforme e horripilante como não há memória de outro. Um monstro, de tão feio. Há anos que vive sozinho, escondido no mato, donde raro sai e sempre de noite. O povo diz dele horrores – que come crianças, que é bruxo, que tem parte com o demo. Todas as desgraças acontecidas no arraial correm-lhe por conta. Para mim, é um pobre-diabo cujo crime único é ser feio demais. Como perdeu a medida, está a pagar o crime que não cometeu...

1. Poland Chine.

Vargas interveio, cuspilhando com cara de asco:

– Se o doutorzinho o visse!... É a coisa mais nojenta deste mundo.

– Feio como o Quasímodo?

– Esse não conheço, seu doutor, mas estou aqui, estou jurando que o negro passa adiante do... como é?

Eduardo apaixonava-se pelo caso.

– Mas, amigo Vargas, feio como? Por que feio? Explique-me lá essa feiura.

Grande parola quando lhe davam trela, Vargas entreparou um bocado e disse:

– O doutor quer saber como é o negro? Venha cá. Vossa Senhoria agarre um judas de carvão e judie dele; cavoque o buraco dos olhos e afunde dentro duas brasas alumiando; meta a faca nos beiços e saque fora os dois; arranque os dentes e só deixe um toco; entorte a boca de viés na cara; faça uma coisa desconforme, Deus que me perdoe. Depois, como diz o outro, vá judiando, vá entortando as pernas e esparramando os pés. Quando cansar, descanse. Corra o mundo campeando feiura braba e aplique o pior no estupor. Quando acabar agarre no judas e ponha rente de Bocatorta. Sabe o que acontece? O judas fica lindo!...

Eduardo desferiu uma gargalhada.

– Você exagera, Vargas. Nem o diabo é tão feio assim, criatura de Deus!

– Homem, seu doutor, quer saber? Contando não se acredita. Aquilo é feiura que só vendo!

– Nesse caso quero vê-la. Um horror desse naipe merece bem uma pernada.

Nesse momento surgiu Cristina à porta, anunciando café na mesa.

– Sabe? – disse-lhe o noivo. – Temos um belo passeio em perspectiva: desentocar um gorila que, diz Vargas, é o bicho mais feio do mundo.

– Bocatorta? – exclamou Cristina com um reverbero de asco no rosto. – Não me fale. Só o nome dessa criatura já me põe arrepios no corpo.

E contou o que dele sabia.

Bocatorta representara papel saliente em sua imaginação. Pequenita, amedrontavam-na as mucamas com a cuca, e a cuca era o horrendo negro. Mais tarde, com ouvir às crioulinhas todos os horrores correntes à conta dos seus bruxedos, ganhou inexplicável pavor ao noctâmbulo. Houve tempo no colégio em que, noites e noites a fio, o mesmo pesadelo a atropelou. Bocatorta a tentar beijá-la, e ela, em transes, a fugir. Gritava por socorro, mas a voz lhe morria na garganta. Despertava arquejante, lavada em suores frios. Curou-a o tempo, mas a obsessão vincara fundos vestígios em sua alma.

Eduardo, não obstante, insistia.

– É o meio de te curares de vez. Nada como o aspecto cru da realidade para desmanchar exageros de imaginação. Vamos todos, em farrancho – e asseguro-te que a piedade te fará ver no espantalho, em vez dum monstro, um simples desgraçado digno do teu dó.

Cristina consultou-se por uns momentos e:

– Pode ser – disse. – Talvez vá. Mas não prometo! Na hora verei se tenho coragem...

A maturação do espírito em Cristina desbotara a vivacidade nevrótica dos terrores infantis. Inda assim vacilava. Renascia o medo antigo, como renasce a encarquilhada rosa de Jericó ao contato de humílima gota d'água. Mas vexada de aparecer aos olhos do noivo tão infantilmente medrosa, deliberou que iria; desde esse instante, porém, uma imperceptível sombra anuviou-lhe o rosto.

Ao jantar foram o assunto as novidades do arraial – eternas novidades de aldeia, o fulano que morreu, a sicrana que casou. Casara um boticário e morrera uma menina de quatorze anos, muito chegada à gente do major. Particularmente condoída, Don'Ana não a tirava da ideia.

– Pobre da Luizinha! Não me sai dos olhos o jeito dela, tão galante, quando vinha aqui pelo tempo das jabuticabas. Ali, naquela porta – "Dá licença, Don'Ana!" –, tão cheia de vida, vermelhinha do sol... Quem diria...

– E ainda por cima a tal história de cemitério... – interveio Cristina. – Papai soube?

Corriam no arraial rumores macabros. No dia seguinte ao enterramento o coveiro topou a sepultura remexida, como se fora violada durante a noite; e viu na terra fresca pegadas misteriosas de uma "coisa" que não seria bicho nem gente deste mundo. Já duma feita sucedera caso idêntico por ocasião da morte da Sinhazinha Esteves; mas todos duvidaram da integridade dos miolos do pobre coveiro sarapantado. Esses incréus não mofavam agora do visionário, porque o padre e outras pessoas de boa cabeça, chamadas a testemunhar o fato, confirmavam-no.

Imbuído do ceticismo fácil dos moços da cidade, Eduardo meteu a riso a coisa com muita fortidão de espírito.

– A gente da roça duma folha de embaúba pendurada no barranco faz logo, pelo menos, um lobisomem e três mulas sem cabeça. Esse caso do cemitério: um cão vagabundo entrou lá e arranhou a terra. Aí está todo o grande mistério!

Cristina objetou:

– E os rastos?

– Os rastos! Estou a apostar como tais rastos são os do próprio coveiro. O terror impediu-lhe de reconhecer o molde do casco...

– E o padre Lisandro? – acudiu Don'Ana, para quem um testemunho tonsurado era documento de muito peso.

Eduardo cascalhou uma risada anticlerical e, trincando um rabanete, expectorou:

– Ora, o padre Lisandro! Pelo amor de Deus, Don'Ana! O padre Lisandro é o próprio coveiro de batina e coroa! A propósito...

E contou a propósito vários casos daquele tipo, os quais no correr do tempo vieram a explicar-se naturalmente, com grande cara de asno dos coveiros e Lisandros respectivos.

Cristina ouviu, com o espírito absorto em cismas, a bela demonstração geométrica. Don'Ana concordou da boca para fora, por delicadeza. Mas o major, esse não piou sim nem não. A experiência da vida ensinara-lhe a não afirmar com despotismo, nem negar com "oras".

– Há muita coisa estranha neste mundo... – disse, traduzindo involuntariamente a safada réplica de Hamlet ao cabeça forte do Horácio.

Zangara o tempo quando à tarde o rancho se pôs de rumo ao casebre de Bocatorta.

Ventava. Rebojos de nuvens prenhes sorviam as últimas nesgas do azul.

Os noivos breve se distanciaram dos velhos, que, a passos tardos, seguiam comentando a boa composição do futuro casal. Não havia nisso exagero de pais. Eduardo, embora vulgar, tinha a esbelteza necessária para ouvir sem favor o encômio de rapagão, e Cristina era um ramalhete completo das graças que os dezoito anos sabem compor.

Donaire, elegância, distinção... pintam lá vocábulos esbeiçados pelo uso esse punhado de quês particularíssimos, cuja soma a palavra "linda" totaliza?

Lábios de pitanga, a magnólia da pele acesa em rosas nas faces, olhos sombrios como a noite, dentes de pérola... as velhas tintas de uso em retratos femininos desde a Sulamita não pintam melhor que o "linda!" dito sem mais enfeites além do ponto de admiração.

Vê-la mordiscando o hastil duma flor de catingueiro colhida à beira do caminho, ora risonha, ora séria, a cor das faces mordidas pelo vento frio, madeixas louras a brincarem-lhe nas têmporas, vê-la assim formosa no quadro agreste duma tarde de junho, era compreender a expressão dos roceiros: "Linda que nem uma santa".

Olhos, sobretudo, tinha-os Cristina de alta beleza. Naquela tarde, porém, as sombras de sua alma coavam neles penumbras de estranha melancolia. Melancolia e inquietação. O amoroso enlevo de Eduardo esfriava amiúde ante suas repentinas fugas. Ele a percebia distante, ou pelo menos introspectiva em excesso, reticência que o amor não vê de boa cara. E à medida que caminhavam recrescia aquela esquisitice. Um como intátil morcego diabólico riscava-lhe a alma de voejos pressagos. Nem o estimulante das brisas ásperas, nem a ternura do noivo, nem o "cheiro de natureza" exsolvido da terra, eram de molde a esgarçar a misteriosa bruma de lá dentro.

Eduardo interpelou-a:

– Que tens hoje, Cristina? Tão sombria...

E ela, num sorriso triste:

– Nada!... Por quê?

Nada... É sempre nada quando o que quer que é lucila avisos informes na escuridão do subconsciente, como sutilíssimos zigue-zagues de sismógrafo em prenúncio de remota comoção telúrica. Mas esses nadas são tudo!...

– À esquerda, pelo trilho!

A voz do major chamou-os à realidade. Um carreiro mal batido na macega esgueirava-se coleante até a beira dum córrego, onde se reuniram de novo.

O major tomou a frente, e guiou-os floresta adentro pelos meandros duma picada. Era ali o mato sinistro onde se alapavam Bocatorta e o seu cachorro lazarento, Merimbico, nome tresandante a satanismo para o faro do poviléu. Às sextas-feiras, na voz corrente do arraial, Merimbico virava lobisomem e se punha de ronda ao cemitério, com lamentosos uivos à lua e abocamentos às pobres almas penadas – coisa muito de arrepiar.

O sombrio da mata enoiteceu de vez o coração de Cristina.

– Mas, afinal, para onde vamos, meu pai? Afundar no atoleiro, como Simas? Meu pai já fez o testamento?

– Já, minha filha – chasqueou o major –, e deixo Bocatorta para você...

Cristina emudeceu. Retransia-a em doses crescentes o velho medo de outrora, e foi com um estremecimento arrepiado que ouviu o ladrido próximo de um cão.

– É Merimbico – disse o velho. – Estamos quase.

Mais cem passos e a mata rasgou-se em clareira, na qual Cristina entreviu a biboca do negro. Fez-se toda pequenina e achegou-se a Don'Ana, apertando-lhe nervosamente as mãos.

– Bobinha! Tudo isso é medo?

– Pior que medo, mamãe; é... não sei quê!

Não tinha feição de moradia humana a alfurja do monstro. À laia de paredes, paus a pique mal juntos, entressachados de ramadas secas. Por cobertura, presos com pedras chatas, molhos de sapé no fio, defumado e podre. Em redor, um terreirinho atravancado de latas ferrujentas, trapos e cacaria velha. A entrada era um buraco por onde mal passaria um homem agachado.

– Olá, caramujo! Sai da toca, que estão cá o sinhô moço e mais visitas! – gritou o major.

Respondeu de dentro um grunhido cavo. Ao ouvir tão desagradável som, Cristina sentiu correr na pele o arrepio dos pesadelos antigos, e num incoercível movimento de pavor abraçou-se com a mãe.

O negro saiu da cova meio de rastos, com a lentidão de monstruosa lesma. A princípio surdiu uma gaforinha arruçada, depois o tronco e os braços, e a traparia imunda que lhe escondia o resto do corpo, entremostrando nos rasgões o negror da pele craquenta.

Cristina escondeu o rosto no ombro de Don'Ana – não queria, não podia ver.

Bocatorta excedeu a toda pintura. A hediondez personificara-se nele, avultando, sobretudo, na monstruosa deformação da boca. Não tinha beiços, e as gengivas largas, violáceas, com raros cotos de dentes bestiais fincados às tontas, mostravam-se cruas, como enorme chaga viva. E torta, posta de viés na cara, num esgar diabólico, resumindo o que o feio pode compor de horripilante. Embora se lhe estampasse na boca o quanto fosse preciso para fazer daquela criatura a culminância da ascosidade, a natureza malvada fora além, dando-lhe pernas cambaias e uns pés deformados que nem remotamente lembravam a forma do pé humano. E olhos vivíssimos, que pulavam das órbitas empapuçadas, veiados de sangue na esclerótica amarela. E pele grumosa, escamada de escaras cinzentas. Tudo nele quebrava o equilíbrio normal do corpo humano, como se a teratologia caprichasse em criar a sua obra-prima.

À porta do casebre, Merimbico, cachorro à toa, todo ossos, pele e bernes, rosnava contra os importunos.

Don'Ana e a filha afastaram-se, engulhadas. Só os homens resistiram à nauseante vista, embora a Eduardo o tolhesse uma emoção jamais experimentada, misto de asco, piedade e horror. Aquele quadro de suprema repulsão, novo para seus nervos, desnorteava-lhe as ideias. Estarrecido como em face da Górgona, não lhe vinha palavra que dissesse.

O major, entretanto, trocava língua com o monstro, que em certo ponto, a uma pergunta alegre do velho, arregaçou na cara um riso. Eduardo não teve mão de si. Aquele riso naquela cara sobre-excedia sua capacidade de horripilação. Voltou o rosto e se foi para onde as mulheres, murmurando:

– É demais! É de fazer mal a nervos de aço...

Seus olhos encontraram os de Cristina e neles viram a expressão de pavor da preá engrifada nas puas da suindara – o pavor da morte...

Quando deixaram a floresta, morria a tarde sob o chicote dum vento precursor de chuva.

– Foi imprudência, Cristina, vires sem um xalinho de cabeça ao menos!... Queira Deus...

A moça não respondeu. De olhos baixos, retransida, respirava a largos haustos, para desafogo dum aperto de coração nunca sentido fora dos pesadelos.

Generalizara-se o silêncio. Só o major tentava espanejar a impressão penosa, chasqueando ora o terror da filha, ora o asco do moço; mas breve calou-se, ganho também pelo mal-estar geral.

Triste anoitecer o daquele dia, picado a espaços pelo surdo revoo dos curiangos. O vento zunia, e numa lufada mais forte trouxe da mata o uivo plangente de Merimbico. Ao ouvi-lo, um comentário apenas escapou da boca do major:

– Diabo!

Fechara-se a noite e vinham as primeiras gotas de chuva quando pisaram no alpendre do casarão.

Cristina sentiu pelo corpo inteiro um calafrio, como se a sacudisse a corrente elétrica.

No dia seguinte amanheceu febril, com ardores no peito e tremuras amiudadas. Tinha as faces vermelhas e a respiração opressa.

O reboliço foi grande na casa.

Eduardo, mordido de remorsos, compulsava com mão nervosa um velho *Chernoviz,* tentando atinar com a doença de Cristina; mas perdia-se sem bússola no báratro das moléstias. Nesse em meio Don'Ana esgotava o arsenal da medicina anódina dos símplices caseiros.

O mal, entretanto, recalcitrava às chasadas e sudoríferos. Chamou-se o boticário da vila. Veio a galope Eusébio Macário e diagnosticou pneumonia.

Quem já não assistiu a uma dessas subitâneas desgraças que de golpe se abatem, qual negro avejão de presa, sobre uma família feliz, e estraçoam tudo quanto nela representa a alegria, e esperança, o futuro?

Noites em claro, o rumor dos passos abafados... E o doente a piorar... O médico da casa apreensivo, cheio de vincos na testa... Dias e dias de duelo mudo contra a moléstia incoercível... A desesperança, afinal, o irremediável antolhado iminente; a morte pressentida de ronda ao quarto...

Ao oitavo dia Cristina foi desenganada; no décimo o sino do arraial anunciou o seu prematuro fim.

– Morta!...

Eduardo escondia as lágrimas entre as almofadas do leito, repetindo cem vezes a mesma palavra.

Alcançava-lhe o significado tremendo e, no entanto, quantas vezes a ouvira como a um som oco de sentido!

A imagem de Cristina morta, a esfervilhar na dissolução dentro da terra gelada, contrapunha-se às visões da Cristina viva, toda mimos de alma e corpo, radiosa manhã humana de cuja luz toda se impregnara sua alma. Cerrando os olhos, revia-a durante o passeio fatal, envolta nas brumas de vagos pressentimentos. Vinham-lhe à memória as suas palavras dúbias, a sua vacilação. E arrepelava-se por não ter adivinhado na repulsa da moça os avisos informes de qualquer coisa secreta que tenazmente a defendia. Tais pensamentos, enxameantes como moscas em torno à carne viva da dor de Eduardo, coavam nele venenos cruéis.

Fora, o sol redourava cruamente a vida. Brutalidade!...

Morria Cristina e não se desdobravam crepes pelo céu, nem murchavam as folhas das árvores, nem se recobria de cinzas a terra...

Espezinhado pela fria indiferença das coisas, fechou-se na clausura de si próprio, torvo e dolorido, sentindo-se amadanhar pela pata cega do destino.

Correram horas. Noite alta, acudiu-lhe ir ao cemiterinho beijar num último adeus o túmulo da noiva.

Por sobre a vegetação adormecida coava-se o palor cinéreo da minguante. Raras estrelas no céu, e na terra nenhum rumorejo além do remoto uivar de um cão – Merimbico talvez – a escandir o concerto das untanhas que coaxavam gluglus nas aguadas.

Eduardo alcançou o cemitério. Estava encadeado o portão. Apoiou a testa nos frios varões ferrugentos e mergulhou os olhos queimados de lágrimas por entre os carneiros humildes, em busca do que recebera Cristina.

No ar, um silêncio de eternidade.

Brisas intermitentes carreavam o olor acre dos cravos de defunto floridos na tristeza daquele cemitério da roça.

Seu olhar pervagava de cruz em cruz na tentativa de atinar com o sítio onde Cristina dormia o grande sono, quando um rumor suspeito lhe feriu os ouvidos. Diríeis um arranhar de chão em raspões cautelosos, ao qual se casava o resfolgo sôfrego duma criatura viva.

Pulsou-lhe violento o sangue. Os cabelos cresceram-lhe na cabeça. Alucinação? Apurou os ouvidos: o rumor estranho lá continuava, vindo de um ponto sombreado de ciprestes. Firmou a vista: qualquer coisa agachava-se na terra.

Súbito, num relâmpago, fulgurou em sua memória a cena do jantar, o caso de Luizinha, as palavras de Cristina. Eduardo sentiu arrepiarem-se-lhe os cabelos e, ganho dum pânico desvairado, deitou a correr como um louco rumo à fazenda, em cujo casarão penetrou de pancada, sem fôlego, lavado em suor frio, despertando de sobressalto a família.

Com gritos de espanto, que o cansaço e o bater dos dentes entrecortavam, exclamou entre arquejos:

– Estão desenterrando Cristina... Eu vi uma coisa desenterrando Cristina...

– Que loucura é essa, moço?

– Eu vi... – continuava Eduardo com os olhos desmesuradamente abertos. – Eu vi uma coisa desenterrando Cristina...

O major apertou entre as mãos a testa. Esteve assim imóvel uns instantes. Depois sacudiu a cabeça num gesto de decisão e, horrivelmente calmo, murmurou entredentes, como em resposta a si próprio:

– Será possível, meu Deus?

Vestiu-se de golpe, meteu no bolso o revólver e atirando três palavras enigmáticas à estarrecida Don'Ana gritou para Eduardo com inflexão de aço na voz:

– Vamos!

Magnetizado pela energia do velho, o moço acompanhou-o qual sonâmbulo.

No terreiro apareceu-lhes o capataz.

– Venha conosco. A "coisa" está no cemitério. Vargas passou mão de uma foice.

– Vai ver que é ele, patrão, até juro!

O major não respondeu – e os três homens partiram a correr pelos campos afora.

A meio caminho Eduardo, exausto de tantas emoções, atrasou-se. Seus músculos recusaram-lhe obediência. Ao defrontar com o atoleiro a perna lhe fraqueou de vez e ele caiu, ofegante.

Entrementes, o major e o feitor alcançavam o cemitério, galgavam o muro e aproximavam-se como gatos do túmulo de Cristina.

Um quadro hediondo antolhou-se-lhes de golpe: um corpo branco jazia fora do túmulo – abraçado por um vulto vivo, negro e coleante como o polvo.

O pai de Cristina desferiu um rugido de fera, e qual fera mal ferida arrojou-se para cima do monstro. A hiena, malgrado a surpresa, escapou ao bote e fugiu. E, coxeando, cambaio, seminu, de tropeço nas cruzes, a galgar túmulos com agilidade inconcebível em semelhante criatura, Bocatorta saltou o muro e fugiu, seguido de perto pela sombra esganiçante de Merimbico.

Eduardo, que concentrara todas as forças para seguir de longe o desfecho do drama, viu passar rente de si o vulto asqueroso do necrófilo, para em seguida desaparecer mergulhando na massa escura dos guembês.

Voando-lhe no encalço, viu passar em seguida o vulto dos perseguidores.

Houve uma pausa, em que só lhe feriu o ouvido o rumor da correria. Depois, gritos de cólera, de envolta a um grunhir de queixada caído em mundéu – e tudo se misturou ao barulho da luta que o uivo de Merimbico dominava lugubremente.

O moço correu a mão pela testa gelada: estaria nas unhas dum pesadelo? Não; não era sonho. Disse-lhe a voz alterada do feitor, esboçando o epílogo da tragédia:

– Não atire, major, ele não merece bala. Pra que serve o atoleiro?

E logo após Eduardo sentiu recrudescer a luta, entre imprecações de cólera e os grunhidos cada vez mais lamentosos do monstro. E ouviu farfalhar o mato, como se por ele arrastassem um corpo manietado, a debater-se em convulsões violentas. E ouviu um rugido cavo de supremo desespero. E após, o baque fofo de um fardo que se atufa na lama.

Uma vertigem escureceu-lhe a vista; seus ouvidos cessaram de ouvir; seu pensamento adormeceu...

Quando voltou a si, dois homens borrifavam-lhe o rosto com água gelada. Encarou-os, marasmado. Ergueu-se, mal firme, apoiado a um deles. E reconheceu a voz do major, que entre arquejos de cansaço lhe dizia:

– Seja homem, moço. Cristina já está enterrada, e o negro...

– ... está beijando o barro – concluiu sinistramente Vargas.

Ao raiar do dia Merimbico ainda lá estava, sentado nas patas traseiras, a uivar saudosamente com os olhos postos no sítio onde sumira o seu companheiro.

Nada mais lembrava a tragédia noturna, nem denunciava o túmulo de lodo açaimador da boca hedionda que babujara nos lábios de Cristina o beijo único de sua vida.

O comprador de fazendas

1917

Pior fazenda que a do Espigão, nenhuma. Já arruinara três donos, o que fazia dizer aos praguentos: "Espiga é o que aquilo é!".

O detentor último, um Davi Moreira de Sousa, arrematara-a em praça, convicto de negócio da China; mas já lá andava, também ele, escalavrado de dívidas, coçando a cabeça, num desânimo...

Os cafezais em vara, ano sim, ano não, batidos de pedra ou esturrados de geada, nunca deram de si colheita de entupir tulha. Os pastos ensapezados, enguaxumados, ensamambaiados nos topes, eram acampamentos de cupins com entremeios de macegas mortiças, formigantes de carrapatos. Boi entrado ali punha-se logo de costelas à mostra, encaroçado de bernes, triste e dolorido de meter dó.

As capoeiras substitutas das matas nativas revelavam pela indiscrição das tabocas a mais safada das terras secas. Em tal solo a mandioca bracejava a medo varetinhas nodosas; a cana-caiana assumia aspecto de caninha, e esta virava um taquariço magrela dos que passam incólumes entre os cilindros moedores.

Piolhavam os cavalos. Os porcos escapos à peste encruavam na magrém faraônica das vacas egípcias.

Por todos os cantos imperava o ferrão das saúvas, dia e noite entregues à tosa dos capins para que em outubro se toldasse o céu de nuvens de içás, em saracoteios amorosos com enamorados savitus.

Caminhos por fazer, cercas no chão, casas de agregados engoteiradas, combalidas de cumeeira, prenunciando feias taperas. Até na moradia senhorial insinuava-se a breca, aluindo panos de reboco, carcomendo assoalhos. Vidraças sem vidro, mobília capengante, paredes lagarteadas... intacto que é que havia lá?

Dentro dessa esborcinada moldura, o fazendeiro, avelhuscado por força das sucessivas decepções e, a mais, roído pelo cancro feroz dos juros, sem esperança e sem conserto, coçava cem vezes ao dia a coroa da cabeça grisalha.

Sua mulher, a pobre dona Isaura, perdido o viço do outono, agrumava no rosto quanta sarda e pé de galinha inventam os anos de mãos dadas à trabalhosa vida.

Zico, o filho mais velho, saíra-lhes um pulha, amigo de erguer-se às dez, ensebar a pastinha até as onze e consumir o resto do dia em namoricos mal azarados.

Afora este malandro, tinham Zilda, então nos dezessete, menina galante, porém sentimental mais do que manda a razão e pede o sossego da casa. Era um ler Escrich, a rapariga, e um cismar amores de Espanha.

Em tal situação só havia uma aberta: vender a fazenda maldita para respirar a salvo de credores. Coisa difícil, entretanto, em quadra de café a cinco mil-réis, botar unhas num tolo das dimensões requeridas. Iludidos por anúncios manhosos alguns pretendentes já haviam abicado ao Espigão; mas franziam o nariz, indo-se a arrenegar da pernada sem abrir oferta.

– De graça é caro! – cochichavam de si para consigo.

O redemoinho capilar de Moreira, a cabo de coçadelas, sugeriu-lhe um engenhoso plano mistificatório: entreverar de caetés, cambarás, unhas--de-vaca e outros padrões de terra boa, transplantados das vizinhanças, a fímbria das capoeiras e uma ou outra entrada acessível aos visitantes. Fê-lo, o maluco, e mais: meteu em certa grota um pau-d'alho trazido da terra roxa, e adubou os cafeeiros margeantes ao caminho no suficiente para encobrir a mazela do resto.

Onde um raio de sol denunciava com mais viveza um vício da terra, ali o alucinado velho botava a peneirinha...

Um dia recebeu carta de um agente de negócios anunciando novo pretendente. "Você tempere o homem", aconselhava o pirata, "e saiba manobrar os padrões que este cai. Chama-se Pedro Trancoso, é muito rico, muito moço, muito prosa, e quer fazenda de recreio. Depende tudo de você espigá-lo com arte de barganhista ladino."

Preparou-se Moreira para a empresa. Advertiu primeiro aos agregados para que estivessem a postos, afiadíssimos de língua. Industriados pelo patrão, estes homens respondiam com manha consumada às perguntas dos visitantes, de jeito a transmutar em maravilhas as ruindades locais.

Como lhes é suspeita a informação dos proprietários, costumam os pretendentes interrogar à socapa os encontradiços. Ali, se isso acontecia – e acontecia sempre, porque era Moreira em pessoa o maquinista do acaso –, havia diálogos desta ordem:

– "Gea por aqui?"

– "Coisinha, e isso mesmo só em ano brabo."

– "O feijão dá bem?"

– "Nossa Senhora! Inda este ano plantei cinco quartas e malhei cinquenta alqueires. E que feijão!"

– "Berneia o gado?"

– "Qual o quê! Lá um ou outro carocinho de vez em quando. Para criar, não existe terra melhor. Nem erva nem feijão bravo[1]. O patrão é porque não tem força. Tivesse ele os meios e isto virava um fazendão."

Avisados os espoletas, debateram-se à noite os preparativos da hospedagem, alegres todos com o reviçar das esperanças emurchecidas.

– Estou com palpite que desta feita a "coisa" vai! – disse o filho maroto. E declarou necessitar, à sua parte, de três contos de réis para estabelecer-se.

1. Plantas venenosas para o gado.

– Estabelecer-se com quê? – perguntou admirado o pai.

– Com armazém de secos e molhados em Volta Redonda...

– Já me estava espantando uma ideia boa nessa cabeça de vento. Para vender fiado à gente da Tudinha, não é?

O rapaz, se não corou, calou-se; tinha razões para isso.

Já a mulher queria casa na cidade. De há muito trazia de olho uma de porta e janela, em certa rua humilde, casa baratinha, de arranjados.

Zilda, um piano – e caixões e mais caixões de romances.

Dormiram felizes essa noite e no dia seguinte mandaram cedo à vila em busca de gulodices de hospedagem – manteiga, um queijo, biscoitos.

Na manteiga houve debate.

– Não vale a pena! – reguingou a mulher. – Sempre são seis mil-réis. Antes se comprasse com esse dinheiro a peça de algodãozinho que tanta falta me faz.

– É preciso, filha! Às vezes uma coisa de nada engambela um homem e facilita um negócio. Manteiga é graxa – e a graxa engraxa!

Venceu a manteiga.

Enquanto não vinham os ingredientes, meteu dona Isaura unhas à casa, varrendo, espanando e arrumando o quarto dos hóspedes; matou o menos magro dos frangos e uma leitoa manquitola; temperou a massa do pastel de palmito, e estava a folheá-la quando:

– Ei, vem ele! – gritou Moreira da janela, onde se postara desde cedo, muito nervoso, a devassar a estrada por um velho binóculo; e sem deixar o posto de observação foi transmitindo à ocupadíssima esposa os pormenores divisados.

– É moço... Bem trajado... Chapéu-panamá... Parece Chico Canhambora...

Chegou, afinal, o homem. Apeou-se. Deu cartão: Pedro Trancoso de Carvalhais Fagundes. Bem-apessoado. Ares de muito dinheiro. Mocetão e bem falante, mais que quantos até ali aparecidos.

Contou logo mil coisas com o desembaraço de quem no mundo está de pijama em sua casa – a viagem, os acidentes, um mico que vira pendurado num galho de imbaúba.

Entrados que foram para a saleta de espera, Zico, incontinenti, grudou-se de ouvido ao buraco da fechadura, a cochichar para as mulheres ocupadas na arrumação da mesa o que ia pilhando à conversa.

Súbito, esganiçou para a irmã, numa careta sugestiva:

– É solteiro, Zilda!

A menina largou disfarçadamente os talheres e sumiu-se.

Meia hora depois voltava trazendo o melhor vestido e no rosto duas redondinhas rosas de carmim.

Quem a essa hora penetrasse no oratório da fazenda notaria nas vermelhas rosas de papel de seda que enfeitavam o Santo Antônio a ausência de várias pétalas, e aos pés da imagem uma velinha acesa. Na roça, o ruge e o casamento saem do mesmo oratório.

Trancoso dissertava sobre variados temas agrícolas.

– O canastrão? Pff! Raça tardia, meu caro senhor, muito agreste. Eu sou pelo Poland China. Também não é mau, não, o Large Black. Mas o Poland! Que precocidade! Que raça!

Moreira, xucro na matéria, só conhecedor das pelhancas famintas, sem nome nem raça, que lhe grunhiam nos pastos, abria insensivelmente a boca.

– Como em matéria de pecuária bovina – continuou Trancoso – tenho para mim que, de Barreto a Prado, andam todos erradíssimos. Pois não! Er-ra-dís-si-mos! Nem seleção, nem cruzamento. Quero a adoção i-me-di-a-ta das mais finas raças inglesas, o Polled Angus, o Red Lincoln. Não temos pastos? Façamo-los. Plantemos alfafa. Fenemos. Ensilemos. Assis[2] confessou-me uma vez...

Assis! Aquele homem confessava os mais altos paredros da agricultura! Era íntimo de todos eles – Prado[3], Barreto[4], Cotrim[5]... E de ministros!

– Eu já aleguei isso ao Bezerra[6]...

Nunca se honrara a fazenda com a presença de cavalheiro mais distinto, assim bem relacionado e tão viajado. Falava da Argentina e de Chicago como quem veio ontem de lá. Maravilhoso!

A boca de Moreira abria, abria, e acusava o grau máximo de abertura permitida a ângulos maxilares, quando uma voz feminina anunciou o almoço.

2. Assis Brasil.

3. Antonio Prado.

4. Luiz Pereira Barreto.

5. Eduardo Cotrim, homem de muita autoridade em assuntos de pecuária, na época.

6. José Bezerra, ministro da agricultura.

Apresentações.

Mereceu Zilda louvores nunca sonhados, que a puseram de coração aos pinotes. Também os teve a galinha ensopada, o tutu com torresmos, o pastel e até a água do pote.

– Na cidade, senhor Moreira, uma água assim, pura, cristalina, absolutamente potável, vale o melhor dos vinhos. Felizes os que podem bebê-la!

A família entreolhou-se; nunca imaginaram possuir em casa semelhante preciosidade, e cada um insensivelmente sorveu o seu golezinho, como se naquele instante travassem conhecimento com o precioso néctar. Zico chegou a estalar a língua...

Quem não cabia em si de gozo era dona Isaura. Os elogios à sua culinária puseram-na rendida; por metade daquilo já se daria por bem paga da trabalheira.

– Aprenda, Zico – cochichava ela ao filho –, o que é educação fina.

Após o café, brindado com um "delicioso!", convidou Moreira o hóspede para um giro a cavalo.

– Impossível, meu caro, não monto em seguida às refeições; dá-me cefalalgia.

Zilda corou. Zilda corava sempre que não entendia uma palavra.

– À tarde sairemos, não tenho pressa. Prefiro agora um passeiozinho pedestre pelo pomar, a bem do quilo.

Enquanto os dois homens em pausados passos para lá se dirigiam, Zilda e Zico correram ao dicionário.

– Não é com S – disse o rapaz.

– Veja com C – alvitrou a menina.

Com algum trabalho encontraram a palavra cefalalgia.

– "Dor de cabeça!" Ora! Uma coisa tão simples...

À tarde, no giro a cavalo, Trancoso admirou e louvou tudo quanto ia vendo, com grande espanto do fazendeiro que, pela primeira vez, ouvia gabos às coisas suas. Os pretendentes em geral malsinam de tudo, com olhos abertos só para defeitos; diante de uma barroca, abrem-se em exclamações quanto ao perigo das terras frouxas; acham más e poucas as águas; se enxergam um boi, não despregam a vista dos bernes.

Trancoso, não. Gabava! E quando Moreira, nos trechos mistificados, com dedo trêmulo assinalou os padrões, o moço abriu a boca.

– Caquera? Mas isto é fantástico!...

Em face do pau-d'alho culminou-lhe o assombro.

– É maravilhoso o que vejo! Nunca supus encontrar nesta zona vestígios de semelhante árvore! – disse, metendo na carteira uma folha como lembrança.

Em casa abriu-se com a velha.

– Pois, minha senhora, a qualidade destas terras excedeu de muito à minha expectativa. Até pau-d'alho! Isto é positivamente famoso!...

Dona Isaura baixou os olhos. A cena passava-se na varanda. Era noite. Noite trilada de grilos, coaxada de sapos, com muitas estrelas no céu e muita paz na terra. Refestelado numa cadeira preguiçosa, o hóspede transfez o sopor da digestão em quebreira poética.

– Este cricri de grilos, como é encantador! Eu adoro as noites estreladas, o bucólico viver campesino, tão sadio e feliz...

– Mas é muito triste!... – aventurou Zilda.

– Acha? Gosta mais do canto estridente da cigarra, modulando cavatinas em plena luz? – disse ele, amelaçando a voz. – É que no seu coraçãozinho há qualquer nuvem a sombreá-lo...

Vendo Moreira assim atiçado o sentimentalismo, e dessa feita passível de consequências matrimoniais, houve por bem dar uma pancada na testa e berrar:

– Oh, diabo! Não é que ia me esquecendo do...

Não disse do que, nem era preciso. Saiu precipitadamente, deixando-os sós. Prosseguiu o diálogo, mais mel e rosas.

– O senhor é um poeta! – exclamou Zilda a um regorjeio dos mais sucados.

– Quem o não é debaixo das estrelas do céu, ao lado duma estrela da terra?

– Pobre de mim! – suspirou a menina, palpitante.

Também do peito de Trancoso subiu um suspiro.

Seus olhos alçaram-se a uma nuvem que fazia no céu as vezes da Via Láctea, e sua boca murmurou em solilóquio um rabo de arraia desses que derrubam meninas.

– O amor!... A Via Láctea da vida!... O aroma das rosas, a gaze da aurora! Amar, ouvir estrelas... Amai, pois só quem ama entende o que elas dizem.

Era zurrapa de contrabando; não obstante, ao paladar inexperto da menina soube a fino moscatel. Zilda sentiu subir à cabeça um vapor. Quis retribuir.

Deu busca aos ramilhetes retóricos da memória em procura da flor mais bela. Só achou um bogari humílimo:

– Lindo pensamento para um cartão-postal!

Ficaram no bogari; o café com bolinhos de frigideira veio interromper o idílio nascente.

Que noite aquela! Dir-se-ia que o anjo da bonança distendera suas asas de ouro por sobre a casa triste. Via Zilda realizar-se todo o Escrich deglutido. Dona Isaura gozava-se da possibilidade de casá-la rica. Moreira sonhava quitações de dívidas, com sobras fartas a tilintar-lhe no bolso. E imaginariamente transfeito em comerciante, Zico fiou, a noite inteira, em sonhos, à gente da Tudinha, que, cativa de tanta gentileza, lhe concedia afinal a ambicionada mão da pequena.

Só Trancoso dormiu o sono das pedras, sem sonhos nem pesadelos. Que bom é ser rico!

No dia imediato visitou o resto da fazenda, cafezais e pastos, examinou criação e benfeitorias; e como o gentil mancebo continuasse no enlevo, Moreira, deliberado na véspera a pedir quarenta contos pela Espiga, julgou de bom aviso elevar o preço. Após a cena do pau-d'alho, suspendeu-o mentalmente para quarenta e cinco; findo o exame do gado, já estava em sessenta. E quando foi abordada a magna questão, o velho declarou corajosamente, na voz firme de um *alea jacta*:

– Sessenta e cinco! – e esperou de pé atrás a ventania.

Trancoso, porém, achou razoável o preço.

– Pois não é caro – disse –, está um preço bem mais razoável do que imaginei.

O velho mordeu os lábios e tentou emendar a mão.

– Sessenta e cinco, sim, mas... o gado fora!...

– É justo – respondeu Trancoso.

– ... e fora também os porcos!...

– Perfeitamente.

– ... e a mobília!

– É natural.

O fazendeiro engasgou; não tinha mais o que excluir e confessou de si para consigo que era uma cavalgadura. Por que não pedira logo oitenta?

Informada do caso, a mulher chamou-lhe *pax-vóbis.*

– Mas, criatura, por quarenta já era um negocião! – justificou-se ao velho.

– Por oitenta seria o dobro melhor. Não se defenda. Eu nunca vi Moreira que não fosse palerma e sarambé. É do sangue. Você não tem culpa.

Amuaram um bocado; mas a ânsia de arquitetar castelos com a imprevista dinheirama varreu para longe a nuvem. Zico aproveitou a aura para insistir nos três contos do estabelecimento – e obteve-os. Dona Isaura desistiu da tal casinha. Lembrava-se agora de outra maior, em rua de procissão – a casa de Eusébio Leite.

– Mas essa é de doze contos – advertiu o marido.

– Mas é outra coisa que não aquele casebre! Muito mais bem repartida. Só não gosto da alcova pegada à copa; escura...

– Abre-se uma claraboia.

– Também o quintal precisa de reforma; em vez do cercado das galinhas...

Até noite alta, enquanto não vinha o sono, foram remendando a casa, pintando-a, transformando-a na mais deliciosa vivenda da cidade. Estava o casal nos últimos retoques, dorme não dorme, quando Zico bateu à porta.

– Três contos não bastam, papai; são precisos cinco. Há a armação, de que não me lembrei, e os direitos, e o aluguel da casa, e mais coisinhas...

Entre dois bocejos o pai concedeu-lhe generosamente seis.

E Zilda? Essa vogava em alto-mar dum romance de fadas. Deixemo-la vogar.

Chegou enfim o momento da partida. Trancoso despediu-se. Sentia muito não poder prolongar a deliciosa visita, mas interesses de monta o chamavam. A vida do capitalista não é livre como parece... Quanto ao negócio, considerava-o quase feito; daria a palavra definitiva dentro de semana.

Partiu Trancoso, levando um pacote de ovos – gostara muito da raça de galinhas criada ali; e um saquito de carás – petisco de que era mui guloso. Levou ainda uma bonita lembrança, o rosilho de Moreira, o melhor cavalo da fazenda. Tanto gabara o animal durante os passeios, que o fazendeiro se viu na obrigação de recusar uma barganha proposta e dar-lhe de presente.

– Vejam vocês! – disse Moreira, resumindo a opinião geral. – Moço, riquíssimo, direitão, instruído como um doutor e no entanto amável, gentil, incapaz de torcer o focinho como os pulhas que cá têm vindo. O que é ser gente!

A velha agradara sobretudo a sem-cerimônia do jovem capitalista. Levar ovos e carás! Que mimo!

Todos concordaram, louvando-o cada um a seu modo. E assim, mesmo ausente, o gentil ricaço encheu a casa durante a semana inteira.

Mas a semana transcorreu sem que viesse a ambicionada resposta. E mais outra. E outra ainda.

Escreveu-lhe Moreira, já apreensivo e nada. Lembrou-se dum parente morador na mesma cidade e endereçou-lhe carta pedindo que obtivesse do capitalista a solução definitiva. Quanto ao preço, abatia alguma coisa. Dava a fazenda por cinquenta e cinco, por cinquenta e até por quarenta, com criação e mobília.

O amigo respondeu sem demora. Ao rasgar do envelope, os quatro corações da Espiga pulsaram violentamente: aquele papel encerrava o destino de todos quatro.

Dizia a carta: "Moreira. Ou muito me engano ou estás iludido. Não há por aqui nenhum Trancoso Carvalhais capitalista. Há o Trancosinho, filho de nhá Veva, vulgo Sacatrapo. É um espertalhão que vive de barganhas e sabe iludir aos que o não conhecem. Ultimamente tem corrido o estado de Minas, de fazenda em fazenda, sob vários pretextos. Finge-se às vezes comprador, passa uma semana em casa do fazendeiro, a caceteá-lo com passeios pelas roças e exames de divisas; come e bebe do bom, namora as criadas, ou a filha, ou o que encontra – é um vassoura de marca! –, e no melhor da festa some-se. Tem feito isto um cento de vezes, mudando sempre de zona. Gosta de variar de tempero, o patife. Como aqui Trancoso só há este, deixo de apresentar ao pulha a tua proposta. Ora Sacatrapo a comprar fazenda! Tinha graça..."

O velho caiu numa cadeira, aparvalhado, com a missiva sobre os joelhos. Depois o sangue lhe avermelhou as faces e seus olhos chisparam.

– Cachorro!

As quatro esperanças da casa ruíram com fragor, entre lágrimas da menina, raiva da velha e cólera dos homens.

Zico propôs-se a partir incontinenti na peugada do biltre, a fim de quebrar-lhe a cara.

– Deixe, menino! O mundo dá voltas. Um dia cruzo-me com o ladrão e justo contas.

Pobres castelos! Nada há mais triste que estes repentinos desmoronamentos de ilusões. Os formosos palácios da Espanha, erigidos durante um mês à custa da mirífica dinheirama, fizeram-se taperas sombrias. Dona Isaura chorou até os bolinhos, a manteiga e os frangos.

Quanto a Zilda, o desastre operou como pé de vento através de paineira florida. Caiu de cama, febricitante. Encovaram-se-lhe as faces. Todas as passagens trágicas dos romances lidos desfilaram-lhe na memória; reviu-se na vítima de todos eles. E dias a fio pensou no suicídio.

Por fim habituou-se a essa ideia e continuou a viver. Teve azo de verificar que isso de morrer de amores, só em Escrich.

Acaba-se aqui a história – para a plateia; para as torrinhas segue ainda por meio palmo. As plateias costumam impar umas tantas finuras de bom gosto e tom muito de rir; entram no teatro depois de começada a peça e saem mal as ameaça o epílogo.

Já as galerias querem a coisa pelo comprido, a jeito de aproveitar o rico dinheirinho até ao derradeiro vintém. Nos romances e contos pedem esmiuçamento completo do enredo; e se o autor, levado por fórmulas de escola, lhes arruma para cima, no melhor da festa, com a caudinha reticenciada a que chama "nota impressionista", franzem o nariz. Querem saber – e fazem muito bem – se Fulano morreu, se a menina casou e foi feliz, se o homem afinal vendeu a fazenda, a quem e por quanto.

Sã, humana e respeitabilíssima curiosidade!

– "Vendeu a fazenda o pobre Moreira?"

Pesa-me confessá-lo: não! E não a vendeu por artes do mais inconcebível quiproquó de quantos tem armado neste mundo o diabo – sim, porque afora o diabo, quem é capaz de intrincar os fios da meada com laços e nós cegos, justamente quando vai a feliz remate o crochê?

O acaso deu a Trancoso uma sorte de cinquenta contos na loteria. Não se riam. Por que motivo não havia Trancoso de ser o escolhido, se a sorte é cega e ele tinha no bolso um bilhete? Ganhou os cinquenta contos, dinheiro que para um pé-atrás daquela marca era significativo de grande riqueza.

De posse do bolo, após semanas de tonteira deliberou afazendar-se. Queria tapar a boca ao mundo realizando uma coisa jamais passada pela sua cabeça: comprar fazenda. Correu em revista quantas visitara durante os anos de malandragem, propendendo, afinal, para a Espiga. Ia nisso, sobretudo, a lembrança da menina, dos bolinhos da velha e a ideia de meter na administração ao sogro, de jeito a folgar-se uma vida vadia de regalos, embalada pelo amor de Zilda e os requintes culinários da sogra. Escreveu, pois, a Moreira anunciando-lhe a volta, a fim de fechar-se o negócio.

Ai, ai, ai! Quando tal carta penetrou na Espiga houve rugidos de cólera, entremeio a bufos de vingança.

– É agora! – berrou o velho. – O ladrão gostou da pândega e quer repetir a dose. Mas desta feita curo-lhe a balda, ora se curo! – concluiu, esfregando as mãos no antegozo da vingança.

No murcho coração da pálida Zilda, entretanto, bateu um raio de esperança. A noite de sua alma alvorejou ao luar de um "Quem sabe?". Não se atreveu, todavia, a arrostar a cólera do pai e do irmão, concertados ambos num tremendo ajuste de contas. Confiou no milagre. Acendeu outra velinha a Santo Antônio...

O grande dia chegou. Trancoso rompeu à tarde pela fazenda, caracolando o rosilho.

Desceu Moreira a esperá-lo embaixo da escada, de mãos às costas.

Antes de sofrear as rédeas, já o amável pretendente abria-se em exclamações.

– Ora viva, caro Moreira! Chegou enfim o grande dia. Desta vez compro-lhe a fazenda.

Moreira tremia. Esperou que o biltre apeasse e mal Trancoso, lançando as rédeas, dirigiu-se-lhe de braços abertos, todo risos, o velho saca de sob o paletó um rabo de tatu e rompe-lhe para cima com ímpeto de queixada.

– Queres fazenda, grandissíssimo tranca? Toma, toma fazenda, ladrão! – e *lepte, lepte*, finca-lhe rijas rabadas coléricas.

O pobre rapaz, tonteando pelo imprevisto da agressão, corre ao cavalo e monta às cegas, de passo que Zico lhe sacode no lombo nova série de lambadas de agravadíssimo ex-quase-cunhado.

Dona Isaura atiça-lhe os cães:

– Pega, Brinquinho! Ferra, Joli!

O mal azarado comprador de fazendas, acuado como raposa em terreiro, dá de esporas e foge a toda, sob uma chuva de insultos e pedras. Ao cruzar a porteira inda teve ouvidos para distinguir na grita os desaforos esganiçados da velha:

– Comedor de bolinhos! Papa-manteiga! Toma! Em outra não hás de cair, ladrão de ovo e cará!...

E Zilda?

Atrás da vidraça, com os olhos pisados do muito chorar, a triste menina viu desaparecer para sempre, envolto em uma nuvem de pó, o cavaleiro gentil dos seus dourados sonhos.

Moreira, o caipora, perdia assim naquele dia o único negócio bom que durante a vida inteira lhe deparara a Fortuna: o duplo descarte – da filha e da Espiga...

O estigma

1915

Fui um dia a Itaoca levado pelas simples indicações do sujeito que me alugou a cavalgadura.

Não tem errada, é ir andando. Em caso de dúvida, pegue a trilha dos carros que vai certo.

Assim fiz e lá cheguei sem novidade.

No dia da volta, porém, choveu à noite como só chove por aqueles socavões, e na primeira encruzilhada parei desnorteado. Como o enxurro houvesse diluído todos os sulcos da carraria, ali fiquei alguns minutos feito o asno de Buridan, à espera dalgum passante que me abrisse os olhos. Não apareceu viva alma, e minha impaciência empurrou-me ao acaso por uma das pernas do V embaraçador. Caminhei cerca de hora na dúvida, até que a vista duma fazenda desconhecida me deu a certeza do transvio.

Resolvi portar. Abeiro-me do portão e grito o “ó de casa”.

Abre-me um negro velho, ocupado em abanar feijão no terreiro.

– O patrãozinho é lá em cima, na casa grande.

Dirijo-me para lá, depois de entregue o cavalo, e subo a escadaria de pedra fronteiriça ao casarão senhorial.

Um grupo de crianças brincava por ali, em torno duma fogueirinha de cavacos fumarentos.

– Fumaça para lá, santinha para cá!

Ao avistarem-me calaram-se e fugiram, com exceção da mais taluda, que permaneceu no lugar, esfregando os olhos avermelhados e lacrimosos do fumo.

– Papai está?

Estava e ia chamá-lo, respondeu, esgueirando-se pela casa adentro.

As outras, com o dedinho na boca, vi-as a me espiarem da porta, à qual logo assomou esbelta menina aí entre catorze e dezesseis anos, de avental azul e corada como quem esteve a lidar em forno.

– Faça o favor de entrar! – disse-me com linda voz, sorridente, de passo que seus olhos vivos todo me examinavam de alto a baixo, num relance.

– Sente-se e espere um bocadinho.

– A menina é filha do...

– Não, senhor. Prima. Mas moro aqui desde que morreram meus pais.

– Tão nova e já órfã!...

– De pai e mãe. Tinha seis anos quando os perdi na febre amarela de Campinas. O primo trouxe-me de lá e...

Aqui rangeu a porta e enquadrou-se nela o dono da casa.

Reconhecemo-nos incontinenti, com igual espanto.

– Bruno! – berrou ele. – Que milagre!

– E tu, Fausto, onde te vim desentocar, eu que esperava ver surgir um matutão desconfiado!

Abraços, explicações, perguntas atropeladas. Fausto não cessava de admirar a coincidência.

– Há quantos anos não nos vemos? Dez, no mínimo...

– Desde a opa da colação de grau. Como passa o tempo!... Pois, meu caro, prendo-te por cá. Já não te vais daqui sem conhecer o meu seio de Abraão e matar bem matadas as saudades.

Durante estas expansões a menina do avental não arredou pé da sala, e eu volta e meia regalava meus olhos na linda criatura que ela era.

Fausto, percebendo-o, apresentou-me.

– Laurita, minha prima...

– Já nos conhecemos – disse eu.

– Donde? – exclamou Fausto surpreso.

– Daqui mesmo, de há cinco minutos.

– Farsista! Olha, Laura, vê lá que nos tragam o café para aqui.

A menina ao retirar-se pôs no andar esse requebro que o instinto aconselha às moças na presença de um homem casadouro.

– Galantinha, hein? – disse Fausto, mal se fechou a porta.

– Linda! – exclamei, carregando com fúria o i. – Que frescura! Que corado!

– O corado corre à conta do forno. Estão lá todos a assar bolinhos de milho. Não conheces minha mulher? Família Leme, da Pedra Fria. Casei-me logo depois de formado, e aqui vivo alternando seis meses de roça com outros tantos de capital.

– Excelente vida! É o sonho de toda gente.

– Não me queixo, nem quero outra.

– Colheste, então, o pomo da felicidade?

Fausto não respondeu, e como o café entrasse no momento a conversa mudou de rumo. Trouxe-o Laura, com bolinhos quentes.

– Estou adivinhando, dona Laurita, que este foi enrolado pelas suas mãos! – galanteei, tomando um deles.

– Qual? – acudiu a menina. – Esse que tem marca de carretilha?

– Sim!

Ela desferiu a mais sonora das risadinhas.

– Justamente os que têm marca são de Lucrécia...

– Ora você – cascalhou Fausto –, a confundir as artes da prima com as da preta!

– Os meus são estes – disse Laura, apontando os não carretilhados.

Provei um, e:

– Realmente, a diferença é enorme.

Novo "pizzicato" da menina.

– Pois a massa é a mesma e tudo tempero de Lucrécia...

Fausto pôs fim aos meus desazos convidando-me para sair.

– Estás muito xucro no galanteio. Vem daí ver a criação, que é o melhor.

Saímos e percorremos toda a fazenda, o chiqueirão dos canastrões, o cercado das aves de raça, o tanque dos Pekins; vimos as cabras Toggenburg, o gado Jersey, a máquina de café, todas essas coisas comuns a todas as fazendas e que, no entanto, examinamos sempre com real prazer.

Fausto era fazendeiro amador. Tudo ali demonstrava largo dispêndio de dinheiro sem a preocupação da renda proporcional; trazia-a no pé de quem não necessita da propriedade para viver.

Ao jantar apresentou-me sua mulher.

Não condisse com o molde que cá tenho de boa mulher a esposa do meu amigo. De feições duras, olhar de ave de rapina, nariz agudo, era positivamente feia e provavelmente má.

Compreendi o caso do meu Fausto: casara rico. A fazenda viera-lhe às mãos por intermédio da esposa.

Na presença dela Fausto mudava de tom. De natural brincalhão, embezerrava-se numa sisudez que me era estranha; isso me disse que casaram os bens, os corpos, mas não as almas.

Também Laurita se coibia, e as crianças mostravam um odioso bom comportamento de meter dó. A mulher gelava-os a todos com o olhar duro e mau de senhora absoluta.

Foi um alívio o erguer-nos da mesa. Fausto lembrara um giro pelos cafezais e como já estivessem arreadas as cavalgaduras partimos. Sem demora voltou o meu amigo à expansibilidade anterior, com a alegre despreocupação dos anos acadêmicos. A conversa correu por mil veredas e por fim embicou para o tema casamento.

– Aquele nosso horror à coleira matrimonial! Como esbanjávamos diatribes contra o amor sacramento, benzido pelo padre, gatafunhado pelo escrivão... Lembras-te?

– E estamos a pagar a língua. É sempre assim na vida: a libérrima teoria por cima e a trama férrea das injunções por baixo. O casamento!... Não o defino hoje com o petulante entono de solteiro. Só digo que não há casamento – há casamentos. Cada caso é um caso especial.

– Tendo aliás de comum – disse eu – um mesmo traço: restrição da personalidade.

– Sim. É mister que o homem ceda cinquenta por cento e a mulher outros tantos para que haja o equilíbrio razoável a que chamamos felicidade conjugal.

– "Felicidade conjugal", dizes bem, restringindo com o adjetivo a amplidão do substantivo.

A vista do cafezal interrompeu-nos as confidências. Era setembro, e o aspecto das árvores estrelejadas de florinhas dava uma sensação farta de riqueza e futuro. Corremo-lo em parte, gozando o "prazer paulista" de ver ondular por espigões e grotas a onda verde-escura dos cafeeiros alinhados.

– No teu caso – perguntei –, foste feliz?

– Fausto retardou a resposta, mastigando-a.

– Não sei. Cedi os cinquenta, e espero que minha mulher imite a minha abnegação. Ela, porém, mais tenaz, embirra em não chegar a tanto: procuramos o equilíbrio ainda...

– E Laura? – perguntei estouvadamente...

Fausto voltou-se de golpe, ferido pela pergunta. Encarou-me a fito, vacilante em revelar-me o fundo de sua alma. Depois, como atravessássemos um sombrio trecho de caminho, com barrancos acima, avencas viçosas, samambaias e begônias agrestes, disse, apontando para aquilo:

– Sabes o que é uma face noruega? Cá tens uma. Não bate o sol. Muita folha, muito viço, verdes carregados, mas nada de flores ou frutas. Sempre esta frialdade úmida. Laura... é como um raio de sol matutino que folga e ri na face noruega da minha vida...

Calou-se, e até à casa não mais pronunciou uma só palavra. Compreendi a situação do meu querido Fausto, e não lhe invejei as riquezas adquiridas por semelhante preço.

Deixei o Paraíso, que assim se chamava a fazenda, com três impressões na alma: deliciosa, a da menina dos bolinhos, no seu avental azul, corada como as romãs; penosa, a da megera entrevista na criatura feia e má, rica o suficiente para adquirir marido como quem adquire um animal de luxo. A terceira não a define aí qualquer adjetivo espipado – complexa, sutil em demasia para caber em moldes vulgares. Era o vago pressentir duma equação sentimental cujos termos – o raio de sol, a face noruega e o meu Fausto – vagamente perambulavam dentro da minha imaginativa, às cabriolas.

Nunca tornei àquelas bandas, nem o acaso me fez encontradiço com qualquer das três personagens.

Este mundo, entretanto, é uma bola pequenina. Volvidos vinte anos estava eu parado diante duma vitrina no Rio de Janeiro quando alguém me cutucou as costelas.

– Tu, Fausto!

– Eu, sim, Bruno!

Envelhecera Fausto quarenta anos naqueles vinte de desencontro, e o tempo murchara-lhe a expansibilidade folgazã. Enquanto palestrávamos, uma a uma subiam-me à tona da memória as cenas e pessoas do Paraíso, a fascinante Laurita à frente. Perguntei por ela em primeiro.

– Morta! – foi a resposta seca e torva.

Como nas horas claras do verão nuvem erradia tapando a súbitas o sol põe na paisagem manchas mormacentas de sombra, assim aquela palavra nos velou a ambos a alegria do encontro.

– E tua mulher? Os filhos?

– Também morta, a mulher. Os filhos, por aí, casados uns, o último ainda comigo. Meu caro Bruno, o dinheiro não é tudo na vida, e principalmente não é para-raios que nos ponha a salvo de coriscos a cabeça. Moro na rua tal; aparece lá à noite que te contarei a minha história – e gaba-te, pois serás a única pessoa a quem revelarei o inferno que me saiu o Paraíso...

Eis o que ouvi:

– "Quando a febre amarela em Campinas orfanou Laurita, eu, como o parente melhor condicionado, trouxe-a a morar conosco. Tinha ela cinco anos e já prenunciava nas graças infantis a encantadora menina que seria.

Eu estava casado de fresco e errara no casamento. Minha mulher – não o suspeitaste naquele jantar? – era uma criatura visceralmente má.

O 'má' na mulher diz tudo; dispensa maior gasto de expressões. Quando ouvires de uma mulher que é má, não peças mais: foge a sete pés. Se eu fora refazer o Inferno, acabaria com tantos círculos que lá pôs Dante, e em lugar meteria de guarda aos precitos uma dúzia de megeras. Haviam de ver que paraíso eram, em comparação, os círculos...

Confesso que não casei por amor. Estava bacharel e pobre. Vi pela frente o marasmo da magistratura e a vitória rápida do casamento rico. Optei pela vitória rápida, descurioso de sondar para onde me levaria a áurea vereda. O dote, grande, valia, ou pareceu-me valer, o sacrifício. Errei. Com a experiência de hoje agarrava a mais reles das promotorias. O viver que levamos não o desejo como castigo ao pior celerado.

– A face noruega!...

– Era exata a comparação, gélida como nos corria o viver conjugal no período em que, iludidos, contemporizávamos, tentando um equilíbrio impossível. Depois tornou-se-nos infernal.

Laura, à proporção que desabrochava, reunia em si quanta formosura de corpo, alma e espírito um poeta concebe em sonhos para meter em poemas. Conluiava-se nela a beleza do Diabo, própria da idade, com a beleza de Deus, permanente – e o pobre do teu Fausto, um exilado em fria Sibéria matrimonial, coração virgem de amor, não teve mão de si, sucumbiu. No peito que supunha calcinado viçou o perigosíssimo amor dos trinta anos.

O vê-la deslizando por ali como a fada mimosa da triste mansão, ora a florir um vaso, ora a ameigar os pequenos, já curando os doentes pobres da fazenda, sempre irradiando beleza, felicidade e graça, foi-se-me tornando a razão do viver. Todas as generosidades e todas as coragens dos anos adolescentes borbulharam em meu peito. Compreendi a minha desgraça: era um cego a quem restituíam os olhos e que, deslumbrado, via do fundo de um cárcere, através das reixas encruzadas, a aurora, a luz, a vida, tudo inacessível... Vitimava-me a pior casta de amor – o amor secreto...

Correram meses.

Ao cabo, ou porque me traísse o fogo interno ou porque o ciúme desse à minha mulher uma visão de lince, tudo leu ela dentro de mim, como se o coração me pulsasse num peito de cristal. Conheci, então, um lúgubre pedaço de alma humana: a caverna onde moram os dragões do ciúme e do ódio. O que escabujou minha mulher contra os 'amásios'!

A caninana envolvia no mesmo insulto a inocência ignorante e a nobreza dum sentimento puríssimo, recalcado no fundo do meu ser.

Intimou-me a expulsá-la incontinenti. Resisti.

Afastaria Laura, mas não com a bruteza exigida e de modo a me trair perante ela e todo mundo. Era a primeira vez que eu depois de casado resistia, e tal firmeza encheu de assombro a 'senhora'. Tenho cá na visão o riso de desafio que nesse momento lhe crispou a boca, e tenho na alma as cicatrizes das áscuas que espirraram aqueles olhos.

Apanhei a luva.

Estas guerras conjugais portas adentro!... Não há aí luta civil que se lhes compare em crueza. Na frente de estranhos, de Laura e dos filhos, continha-se. Maltratava a pobre menina, mas sem revelar a verdadeira causa da perseguição. A sós comigo, porém, que inferno!

Durou pouco isso. Escrevi a parentes, e dava os primeiros passos para a arrumação de Laura, quando...

Não te recordas do bosque de pinheiros plantados em seguimento ao pomar?

– O pinhal d'Azambuja![1]

– Foi o nome que lhe pus, como andassem uns lagartões, seus fregueses, a me pilharem as capoeiras. Esse pinhal era o passeio favorito de Laura. Emboscava-se nele com um livro, ou com a costura, e dessa arte sossegava um momento da inferneira doméstica.

Um dia em que saí à caça, menos pela caçada do que para retemperar-me da guerra caseira na paz das matas, ao montar a cavalo vi-a dirigir-se para lá com o cestinho de costura.

Demorei-me mais do que o usual, e em vez de paca trouxe uma longa meditação desanimadora, feita de papo acima, inda me lembro, sob a fronde de enorme guabirobeira.

Ao pisar no terreiro vi as crianças a me esperarem na escada, assustadinhas.

– Papai, não viu Laura?

– Laura?...

Estranhei a pergunta, e mais ainda vendo aproximar-se a velha Lucrécia, que disse:

– Não vá ter acontecido alguma para Nhá Laurita, patrão! Saiu cedo, antes do café, já é quase noite e nada de voltar.

– A senhora... – comecei eu a perguntar não sabia ainda o quê.

1. Certo bosque de Portugal onde se juntavam bandidos.

– Sinhá está no quarto. Andou pelo pomar, voltou e se trancou por dentro. Não quer enxergar ninguém, parece que comeu cobra...

O coração palpitou-me violento e saí em procura de Laurinha. Indaguei no terreiro: ninguém a vira. Lembrei-me do pinhal e organizei uma alvoroçada batida ao bosque. Com fachos incendidos de galhaça morta quebramos a escuridão reinante.

Nada!

Eu desanimava já de encontrá-la por ali, quando um capataz, desgarrado à frente, gritou:

– Está aqui um cestinho!

Corremos todos. Estava lá o cestinho de costura e, mais adiante... o corpo frio da menina.

Morta, a bala!

A blusa entreaberta mostrava no entresseio uma ferida: um pequeno furo negro donde fluía para as costelas fina estria de sangue. Ao lado da mão direita inerte, o meu revólver.

Suicidara-se...

Não te digo o meu desespero. Esqueci mundo, conveniências, tudo, e beijei-a longamente entre arquejos e sacões de angústia.

Trouxeram-na a braços. Em casa minha mulher, então grávida, recusou-se a ver o cadáver com pretexto do estado, e Laura desceu à cova sem que ela por um só momento deixasse a clausura. Note você isto: 'Minha mulher não viu o cadáver da menina'.

Dias depois humanizou-se. Deixou a cela, voltando à vida do costume, muito mudada de gênio, entretanto. Cessara a exaltação ciumosa do ódio, sobrevindo em lugar um mutismo sombrio. Pouquíssimas palavras lhe ouvi daí por diante.

A mim o suicídio de Laura, sobre sacudir-me o organismo como o pior dos terremotos, preocupava-me como ínsolúvel enigma.

Não compreendia aquilo.

Suas últimas palavras em casa, seus últimos atos, nada induzia o horrível desenlace. Por que se mataria Laura? Como conseguira o revólver, guardado sempre no meu quarto, em lugar só de mim e de minha mulher sabido?

Uma inspeção nos seus guardados não me esclareceu melhor; nenhuma carta ou escrito indicioso.

Mistério!

Mas correram os meses e um belo dia minha mulher deu à luz um menino. Que tragédia! Dói-me a cabeça o recordá-la.

A velha Lucrécia, auxiliar da parteira, foi quem veio à sala com a notícia do bom sucesso.

– Desta vez foi um meninão! – disse ela. – Mas nasceu marcado...

– Marcado?

– Tem uma marca no peito, uma cobrinha-coral de cabeça preta.

Impressionado com a esquisitice, dirigi-me para o quarto. Acerquei-me da criança e desfiz as faixas o necessário para examinar-lhe o peitinho. E vi... vi um estigma que reproduzia com exatidão o ferimento de Laurinha: um núcleo negro, e a 'cobrinha', uma estria abaixo.

Um raio de luz inundou-me o espírito. Compreendi tudo. O feto em formação nas entranhas da mãe fora a única testemunha do crime e, mal nascido, denunciava-o com esmagadora evidência.

– Ela já viu isto? – perguntei à parteira.

– Não! Nem é bom que veja antes de sarada.

Não me contive. Escancarei as janelas, derramei ondas de sol no aposento, despi a criança e ergui-a ante os olhos da mãe, dizendo com frieza de juiz:

– Olha, mulher, quem te denuncia!

A parturiente ergueu-se de golpe, recuou da testa as madeixas soltas e cravou os olhos no estigma. Esbugalhou-os como louca, à medida que lhe alcançava a significação. Depois ergueu-se de golpe, e pela primeira vez aqueles olhos duros se turvaram ante a fixidez inexorável dos meus. Em seguida moleou o corpo, descaindo para os travesseiros, vencida.

Sobreveio-lhe uma crise à noite. Acudiram médicos. Era febre puerperal sob forma gravíssima. Minha mulher recusou obstinadamente qualquer medicação e morreu sem uma palavra, fora as inconscientes escapas nos momentos de delírio..."

Mal concluíra Fausto a confidência daqueles horrores, abriu-se a porta e entrou na sala um rapazinho imberbe.

– Meu filho – disse ele. – Mostra a Bruno a tua cobrinha.

O moço desabotoou o colete; entreabriu a camisa. Pude então ver o estigma. Era perfeita a ilusão: lá estava a imagem do orifício aberto pelo projétil e do fio de sangue escorrido.

– Veja você – concluiu o meu triste amigo – os caprichos da natureza...

– Caprichos de Nêmesis... – ia eu dizendo, mas o olhar do pai cortou-me a palavra: o moço ignorava o crime de que fora ele próprio o eloquente delator.

Velha praga
1914

Andam todos em nossa terra por tal forma estonteados com as proezas infernais dos belacíssimos "vons" alemães, que não sobram olhos para enxergar males caseiros.

Venha, pois, uma voz do sertão dizer às gentes da cidade que se lá fora o fogo da guerra lavra implacável, fogo não menos destruidor devasta nossas matas, com furor não menos germânico.

Em agosto, por força do excessivo prolongamento do inverno, "von Fogo" lambeu montes e vales, sem um momento de trégua, durante o mês inteiro.

Vieram em começos de setembro chuvinhas de apagar poeira e, breve, novo "verão de sol" se estirou por outubro adentro, dando azo a que se torrasse tudo quanto escapara à sanha de agosto.

A serra da Mantiqueira ardeu como ardem aldeias

na Europa, e é hoje um cinzeiro imenso, entremeado aqui e acolá de manchas de verdura – as restingas úmidas, as grotas frias, as nesgas salvas a tempo pela cautela dos aceiros. Tudo mais é crepe negro.

À hora em que escrevemos, fins de outubro, chove. Mas que chuva cainha! Que miséria d'água! Enquanto caem do céu pingos homeopáticos, medidos a conta-gotas, o fogo, amortecido mas não dominado, amoita-se insidioso nas piúcas[1], a fumegar imperceptivelmente, pronto para rebentar em chamas mal se limpe o céu e o sol lhe dê a mão.

Preocupa à nossa gente civilizada o conhecer em quanto fica na Europa por dia, em francos e cêntimos, um soldado em guerra; mas ninguém cuida de calcular os prejuízos de toda sorte advindos de uma assombrosa queima destas. As velhas camadas de húmus destruídas; os sais preciosos que, breve, as enxurradas deitarão fora, rio abaixo, via oceano; o rejuvenescimento florestal do solo paralisado e retrogradado; a destruição das aves silvestres e o possível advento de pragas insetiformes; a alteração para pior do clima com a agravação crescente das secas; os vedos e aramados perdidos; o gado morto ou depreciado pela falta de pastos; as cento e uma particularidades que dizem respeito a esta ou aquela zona e, dentro delas, a esta ou aquela "situação" agrícola.

Isto, bem somado, daria algarismos de apavorar; infelizmente no Brasil subtrai-se; somar ninguém soma...

É peculiar de agosto, e típica, esta desastrosa queima de matas; nunca, porém, assumiu tamanha violência, nem alcançou tal extensão, como neste tortíssimo 1914 que, benza-o Deus, parece aparentado de perto com o célebre ano 1000 de macabra memória. Tudo nele culmina, vai logo às do cabo, sem conta nem medida. As queimas não fugiram à regra.

Razão sobeja para, desta feita, encararmos a sério o problema. Do contrário a Mantiqueira será em pouco tempo toda um sapezeiro sem fim, erisipelado de samambaias – esses dois términos à uberdade das terras montanhosas.

Qual a causa da renitente calamidade?

É mister um rodeio para chegar lá.

A nossa montanha é vítima de um parasita, um piolho da terra, peculiar ao

1. Tocos semicarbonizados.

solo brasileiro como o "Argas" o é aos galinheiros ou o "Sarcoptes mutans" à perna das aves domésticas. Poderíamos, analogicamente, classificá-lo entre as variedades do "Porrigo decalvans", o parasita do couro cabeludo produtor da "pelada", pois que onde ele assiste se vai despojando a terra de seu coma vegetal até cair em morna decrepitude, nua e descalvada. Em quatro anos a mais ubertosa região se despe dos jequitibás magníficos e das perobeiras milenárias – seu orgulho e grandeza, para, em achincalhe crescente, cair em capoeira, passar desta à humildade da vassourinha e, descendo sempre, encruar definitivamente na desdita do sapezeiro – sua tortura e vergonha.

Este funesto parasita da terra é o CABOCLO, espécie de homem baldio, seminômade, inadaptável à civilização, mas que vive à beira dela na penumbra das zonas fronteiriças. À medida que o progresso vem chegando com a via férrea, o italiano, o arado, a valorização da propriedade, vai ele refugindo em silêncio, com o seu cachorro, o seu pilão, a pica-pau[2] e o isqueiro, de modo a sempre conservar-se fronteiriço, mudo e sorna. Encoscorado numa rotina de pedra, recua para não se adaptar.

É de vê-lo surgir a um sítio novo para nele armar a sua arapuca de "agregado"; nômade por força de vagos atavismos, não se liga à terra, como o campônio europeu: "agrega-se", tal qual o "sarcoptes", pelo tempo necessário à completa sucção da seiva convizinha; feito o que, salta para diante com a mesma bagagem com que ali chegou.

Vem de um sapezeiro para criar outro. Coexistem em íntima simbiose: sapé e caboclo são vidas associadas. Este inventou aquele e lhe dilata os domínios; em troca o sapé lhe cobre a choça e lhe fornece fachos para queimar a colmeia das pobres abelhas.

Chegam silenciosamente, ele e a "sarcopta" fêmea, esta com um filhote no útero, outro ao peito, outro de sete anos à ourela da saia – este já de pitinho na boca e faca à cinta. Completam o rancho um cachorro sarnento – Brinquinho, a foice, a enxada, a pica-pau, o pilãozinho de sal, a panela de barro, um santo encardido, três galinhas pevas e um galo índio. Com estes simples ingredientes, o fazedor de sapezeiros perpetua a espécie e a obra de esterilização iniciada com os remotíssimos avós.

2. Espingarda de carregar pela boca.

Acampam.

Em três dias uma choça, que por eufemismo chamam casa, brota da terra como um urupê. Tiram tudo do lugar, os esteios, os caibros, as ripas, os barrotes, o cipó que os liga, o barro das paredes e a palha do teto. Tão íntima é a comunhão dessas palhoças com a terra local, que dariam ideia de coisa nascida do chão por obra espontânea da natureza – se a natureza fosse capaz de criar coisas tão feias.

Barreada a casa, pendurado o santo, está lavrada a sentença de morte daquela paragem.

Começam as requisições. Com a pica-pau o caboclo limpa a floresta das aves incautas. Pólvora e chumbo adquire-os vendendo palmitos no povoado vizinho. É este um traço curioso da vida do caboclo e explica o seu largo dispêndio de pólvora; quando o palmito escasseia, rareiam os tiros, só a caça grande merecendo sua carga de chumbo; se o palmital se extingue, exultam as pacas: está encerrada a estação venatória.

Depois ataca a floresta. Roça e derruba, não perdoando ao mais belo pau. Árvores diante de cuja majestosa beleza Ruskin choraria de comoção, ele as derriba, impassível, para extrair um mel-de-pau escondido num oco.

Pronto o roçado, e chegado o tempo da queima, entra em funções o isqueiro. Mas aqui o "sarcopte" se faz raposa. Como não ignora que a lei impõe aos roçados um aceiro de dimensões suficientes à circunscrição do fogo, urde traças para iludir a lei, cocando destarte a insigne preguiça e a velha malignidade.

Foi neste momento que o viu o poeta:

Cisma o caboclo à porta da cabana[3].

Cisma, de fato, não devaneios líricos, mas jeitos de transgredir as posturas com a responsabilidade a salvo. E consegue-o. Arranja sempre um álibi demonstrativo de que não esteve lá no dia do fogo.

Onze horas.

O sol quase a pino queima como chama. Um "sarcopte" anda por ali, ressabiado. Minutos após crepita a labareda inicial, medrosa, numa touça mais seca; oscila incerta; ondeia ao vento; mas logo encorpa, cresce, avul-

3. Verso de Ricardo Gonçalves.

ta, tumultua infrene e, senhora do campo, estruge fragorosa com infernal violência, devorando as tranqueiras, estorricando as mais altas frondes, despejando para o céu golfões de fumo estrelejado de faíscas.

É o fogo de mato!

E como não o detém nenhum aceiro, esse fogo invade a floresta e caminha por ela adentro, ora frouxo, nas capetingas[4] ralas, ora maciço, aos estouros, nas moitas de taquaruçu; caminha sem tréguas, moroso e tíbio quando a noite fecha, insolente se o sol o ajuda.

E vai galgando montes em arrancadas furiosas, ou descendo encostas a passo lento e traiçoeiro até que o detenha a barragem natural dum rio, estrada ou grota noruega[5].

Barrado, inflete para os flancos, ladeia o obstáculo, deixa-o para trás, esgueira-se para os lados – e lá continua o abrasamento implacável. Amordaçado por uma chuva repentina, alapa-se nas piúcas, quieto e invisível, para no dia seguinte, ao esquentar do sol, prosseguir na faina carbonizante.

Quem foi o incendiário? Donde partiu o fogo? Indaga-se, descobre-se o Nero: é um urumbeva qualquer, de barba rala, amoitado num litro[6] de terra litigiosa.

E agora? Que fazer? Processá-lo?

Não há recurso legal contra ele. A única pena possível, barata, fácil e já estabelecida como praxe, é "tocá-lo".

Curioso este preceito: "Ao caboclo, toca-se". Toca-se, como se toca um cachorro importuno, ou uma galinha que vareja pela sala. E tão afeito anda ele a isso, que é comum ouvi-lo dizer: "Se eu fizer tal coisa o senhor não me toca?".

Justiça sumária – que não pune, entretanto, dado o nomadismo do paciente.

Enquanto a mata arde, o caboclo regala-se.

– "Eta fogo bonito!"

No vazio de sua vida semisselvagem, em que os incidentes são um jacu abatido, uma paca fisgada na água ou o filho novimensal, a queimada é o grande espetáculo do ano, supremo regalo dos olhos e dos ouvidos.

4. Capins de mato dentro, sempre ralos, magrelas.

5. Grota fria onde não bate o sol.

6. A terra se mede pela quantidade de milho que nela pode ser plantada; daí um alqueire, uma quarta, um litro de terra.

Entrado setembro, começo das "águas", o caboclo planta na terra em cinzas um bocado de milho, feijão e arroz; mas o valor da sua produção é nenhum diante dos males que para preparar uma quarta de chão ele semeou.

O caboclo é uma quantidade negativa. Tala cinquenta alqueires de terra para extrair deles o com que passar fome e frio durante o ano. Calcula as sementeiras pelo máximo da sua resistência às privações. Nem mais, nem menos. "Dando para passar fome", sem virem a morrer disso, ele, a mulher e o cachorro – está tudo muito bem; assim fez o pai, o avô; assim fará a prole empanzinada que naquele momento brinca nua no terreiro.

Quando se exaure a terra, o agregado muda de sítio. No lugar fica a tapera e o sapezeiro. Um ano que passe e só este atestará a sua estada ali; o mais se apaga como por encanto. A terra reabsorve os frágeis materiais da choça e, como nem sequer uma laranjeira ele plantou, nada mais lembra a passagem por ali de Manoel Peroba, de Chico Marimbondo, de Jeca Tatu ou outros sons ignaros, de dolorosa memória para a natureza circunvizinha.

Urupês
1914

Esboroou-se o balsâmico indianismo de Alencar ao advento dos Rondons que, ao invés de imaginarem índios num gabinete, com reminiscências de Chateaubriand na cabeça e *Iracema* aberta sobre os joelhos, metem-se a palmilhar sertões de Winchester em punho.

Morreu Peri, incomparável idealização dum homem natural como o sonhava Rousseau, protótipo de tantas perfeições humanas que no romance, ombro a ombro com altos tipos civilizados, a todos sobreleva em beleza de alma e corpo.

Contrapôs-lhe a cruel etnologia dos sertanistas modernos um selvagem real, feio e brutesco, anguloso e desinteressante, tão incapaz, muscularmente, de arrancar uma palmeira, como incapaz, moralmente, de amar Ceci.

Por felicidade nossa – e de dom Antônio de Mariz –, não os viu Alencar; sonhou-os qual Rousseau. Do contrário lá teríamos o filho de Araré a moquear a linda menina num bom braseiro de pau-brasil, em vez de acompanhá-la em adoração pelas selvas, como Ariel benfazejo do Paquequer.

A sedução do imaginoso romancista criou forte corrente. Todo o clã plumitivo deu de forjar seu indiozinho refegado de Peri e Atala. Em sonetos, contos e novelas, hoje esquecidos, consumiram-se tabas inteiras de aimorés sanhudos, com virtudes romanas por dentro e penas de tucano por fora.

Vindo o público a bocejar de farto, já cético ante o crescente desmantelo do ideal, cessou no mercado literário a procura de bugres homéricos, inúbias, tacapes, borés, piagas e virgens bronzeadas. Armas e heróis desandaram cabisbaixos, rumo ao porão onde se guardam os móveis fora de uso, saudoso museu de extintas pilhas elétricas que a seu tempo galvanizaram nervos. E lá acamam poeira cochichando reminiscências com a barba de dom João de Castro, com os franquisques de Herculano, com os frades de Garrett e que tais...

Não morreu, todavia.

Evoluiu.

O indianismo está de novo a deitar copa, de nome mudado. Crismou-se de "caboclismo". O cocar de penas de arara passou a chapéu de palha rebatido à testa; a ocara virou rancho de sapé; o tacape afilou, criou gatilho, deitou ouvido e é hoje espingarda troxada; o boré descaiu lamentavelmente para pio de inambu; a tanga ascendeu a camisa aberta ao peito.

Mas o substrato psíquico não mudou: orgulho indomável, independência, fidalguia, coragem, virilidade heroica, todo o recheio em suma, sem faltar uma azeitona, dos Peris e Ubirajaras.

Este setembrino rebrotar duma arte morta inda se não desbagoou de todos os frutos. Terá o seu "I Juca-Pirama", o seu "Canto do Piaga" e talvez dê ópera lírica.

Mas, completado o ciclo, em flor da ilusão indianista virão destroçar o inverno os prosaicos de ídolos – gente má e sem poesia. Irão os malvados esgaravatar o ícone com as curetas da ciência. E que feias se hão de entrever as caipirinhas cor de jambo de Fagundes Varela! E que chambões e sornas os Peris de calça, camisa e faca à cinta!

Isso, para o futuro. Hoje ainda há perigo em bulir no vespeiro: o caboclo é o "Ai Jesus!" nacional. É de ver o orgulhoso entono com que respeitáveis figurões batem no peito exclamando com altivez:

– "Sou raça de caboclo!"

Anos atrás o orgulho estava numa ascendência de tanga, inçada de penas de tucano, com dramas íntimos e flechaços de curare.

Dia virá em que os veremos, murchos de prosápia, confessar o verdadeiro avô:

– "Um dos quatrocentos de Gedeão trazidos por Tomé de Souza[1] num barco daqueles tempos, nosso mui nobre e fecundo 'Mayflower'".

Porque a verdade nua manda dizer que entre as raças de variado matiz, formadoras da nacionalidade e metidas entre o estrangeiro recente e o aborígine de tabuinha no beiço, uma existe a vegetar de cócoras, incapaz de evolução, impenetrável ao progresso. Feia e sorna, nada a põe de pé.

Quando Pedro I lança aos ecos o seu grito histórico e o país desperta estrouvinhado à crise duma mudança de dono, o caboclo ergue-se, espia e acocora-se de novo.

Pelo 13 de Maio, mal esvoaça o florido decreto da Princesa e o negro exausto larga num uf! o cabo da enxada, o caboclo olha, coça a cabeça, imagina e deixa que do velho mundo venha quem nele pegue de novo.

Em 15 de Novembro troca-se um trono vitalício pela cadeira quadrienal. O país bestifica-se ante o inopinado da mudança[2]. O caboclo não dá pela coisa.

Vem Floriano; estouram as granadas de Custódio; Gumercindo bate às portas de Roma; Incitatus derranca o país[3]. O caboclo continua de cócoras, a modorrar...

Nada o esperta. Nenhuma ferrotoada o põe de pé. Social, como individualmente, em todos os atos da vida, Jeca, antes de agir, acocora-se.

Jeca Tatu é um piraquara do Paraíba, maravilhoso epítome de carne onde se resumem todas as características da espécie.

Ei-lo que vem falar ao patrão. Entrou, saudou. Seu primeiro movimento, após prender entre os lábios a palha de milho, sacar o rolete de fumo e disparar a cusparada de esguicho, é sentar-se jeitosamente sobre os calcanhares. Só então destrava a língua e a inteligência.

– "Não vê que..."

1. Tomé de Souza veio ao Brasil com um carregamento de 400 degredados e uns tantos jesuítas.
2. Aristides Lobo: "O país assistiu bestificado à proclamação da República".
3. O Presidente Hermes da Fonseca!

De pé ou sentado as ideias se lhe entramam, a língua emperra e não há de dizer coisa com coisa.

De noite, na choça de palha, acocora-se em frente ao fogo para "aquentá-lo", imitado da mulher e da prole.

Para comer, negociar uma barganha, ingerir um café, tostar um cabo de foice, fazê-lo noutra posição será desastre infalível. Há de ser de cócoras.

Nos mercados, para onde leva a quitanda domingueira, é de cócoras, como um faquir do Bramaputra, que vigia os cachinhos de brejaúva ou o feixe de três palmitos.

Pobre Jeca Tatu! Como és bonito no romance e feio na realidade!

Jeca mercador, Jeca lavrador, Jeca filósofo...

Quando comparece às feiras, todo mundo logo adivinha o que ele traz: sempre coisas que a natureza derrama pelo mato e ao homem só custa o gesto de espichar a mão e colher – cocos de tucum ou jiçara, guabirobas, bacuparis, maracujás, jataís, pinhões, orquídeas; ou artefatos de taquara-poca – peneiras, cestinhas, samburás, tipitis, pios de caçador; ou utensílios de madeira mole – gamelas, pilõezinhos, colheres-de-pau.

Nada mais.

Seu grande cuidado é espremer todas as consequências da lei do menor esforço – e nisto vai longe.

Começa na morada. Sua casa de sapé e lama faz sorrir aos bichos que moram em toca e gargalhar ao joão-de-barro. Pura biboca de bosquímano. Mobília, nenhuma. A cama é uma espipada esteira de peri posta sobre o chão batido.

Às vezes se dá ao luxo de um banquinho de três pernas – para os hóspedes. Três pernas permitem equilíbrio; inútil, portanto, meter a quarta, o que ainda o obrigaria a nivelar o chão. Para que assentos, se a natureza os dotou de sólidos, rachados calcanhares sobre os quais se sentam?

Nenhum talher. Não é a munheca um talher completo – colher, garfo e faca a um tempo?

No mais, umas cuias, gamelinhas, um pote esbeiçado, a pichorra e a panela de feijão.

Nada de armários ou baús. A roupa, guarda-a no corpo. Só tem dois parelhos; um que traz no uso e outro na lavagem.

Os mantimentos apaiola nos cantos da casa.

Inventou um cipó preso à cumeeira, de gancho na ponta e um disco de lata no alto: ali pendura o toucinho, a salvo dos gatos e ratos.

Da parede pende a espingarda pica-pau, o polvarinho de chifre, o São Benedito defumado, o rabo de tatu e as palmas bentas de queimar durante as fortes trovoadas. Servem de gaveta os buracos da parede.

Seus remotos avós não gozaram maiores comodidades. Seus netos não meterão quarta perna ao banco. Para quê? Vive-se bem sem isso.

Se pelotas de barro caem, abrindo seteiras na parede, Jeca não se move a repô-las. Ficam pelo resto da vida os buracos abertos, a entremostrarem nesgas de céu.

Quando a palha do teto, apodrecida, greta em fendas por onde pinga a chuva, Jeca, em vez de remendar a tortura, limita-se, cada vez que chove, a aparar numa gamelinha a água gotejante...

Remendo... Para quê?, se uma casa dura dez anos e faltam "apenas" nove para ele abandonar aquela? Esta filosofia economiza reparos.

Na mansão de Jeca a parede dos fundos bojou para fora um ventre empanzinado, ameaçando ruir; os barrotes, cortados pela umidade, oscilam na podriqueira do baldrame. A fim de neutralizar o desaprumo e prevenir suas consequências, ele grudou na parede uma Nossa Senhora enquadrada em moldurinha amarela – santo de mascate.

– "Por que não remenda essa parede, homem de Deus?"

– "Ela não tem coragem de cair. Não vê a escora?"

Não obstante, "por via das dúvidas", quando ronca a trovoada Jeca abandona a toca e vai agachar-se no oco dum velho embiruçu do quintal – para se saborear de longe com a eficácia da escora santa.

Um pedaço de pau dispensaria o milagre; mas entre pendurar o santo e tomar da foice, subir ao morro, cortar a madeira, atorá-la, baldeá-la e especar a parede, o sacerdote da Grande Lei do Menor Esforço não vacila. É coerente.

Um terreirinho descalvado rodeia a casa. O mato o beira. Nem árvores frutíferas, nem horta, nem flores – nada revelador de permanência.

Há mil razões para isso; porque não é sua a terra; porque se o "tocarem" não ficará nada que a outrem aproveite; porque para frutas há o mato; porque a "criação" come; porque...

– "Mas, criatura, com um vedozinho por ali... A madeira está à mão, o cipó é tanto..."

Jeca, interpelado, olha para o morro coberto de moirões, olha para o terreiro nu, coça a cabeça e cuspilha.

– Não paga a pena."

Todo o inconsciente filosofar do caboclo grulha nessa palavra atravessada de fatalismo e modorra. Nada paga a pena. Nem culturas, nem comodidades. De qualquer jeito se vive.

Da terra só quer a mandioca, o milho e a cana. A primeira, por ser um pão já amassado pela natureza. Basta arrancar uma raiz e deitá-la nas brasas. Não impõe colheita, nem exige celeiro. O plantio se faz com um palmo de rama fincada em qualquer chão. Não pede cuidados. Não a ataca a formiga. A mandioca é sem-vergonha.

Bem ponderado, a causa principal da lombeira do caboclo reside nas benemerências sem conta da mandioca. Talvez que sem ela se pusesse de pé e andasse. Mas enquanto dispuser de um pão cujo preparo se resume no plantar, colher e lançar sobre brasas, Jeca não mudará de vida. O vigor das raças humanas está na razão direta da hostilidade ambiente. Se a poder de estacas e diques o holandês extraiu de um brejo salgado a Holanda, essa joia do esforço, é que ali nada o favorecia. Se a Inglaterra brotou das ilhas nevoentas da Caledônia, é que lá não medrava a mandioca. Medrasse, e talvez os víssemos hoje, os ingleses, tolhiços, de pé no chão, amarelentos, mariscando de peneira no Tâmisa. Há bens que vêm para males. A mandioca ilustra este avesso de provérbio.

Outro precioso auxiliar da calaçaria é a cana. Dá rapadura, e para Jeca, simplificador da vida, dá garapa. Como não possui moenda, torce a pulso sobre a cuia de café um rolete, depois de bem macetados os nós; açucara assim a beberagem, fugindo aos trâmites condutores do caldo de cana à rapadura.

Todavia, *est modus in rebus*. E assim como ao lado do restolho cresce o bom pé de milho, contrasta com a cristianíssima simplicidade do Jeca a opulência de um seu vizinho e compadre que "está muito bem". A terra onde mora é sua. Possui ainda uma égua, monjolo e espingarda de dois canos. Pesa nos destinos políticos do país com o seu voto e nos econômicos com o polvilho azedo de que é fabricante, tendo amealhado com ambos, voto e polvilho, para mais de quinhentos mil-réis no fundo da arca.

Vive num corrupio de barganhas nas quais exercita uma astúcia nativa muito irmã da de Bertoldo. A esperteza última foi a barganha de um cavalo cego por uma égua de passo picado. Verdade é que a égua mancava das mãos, mas inda assim valia dez mil-réis mais do que o rocinante zanaga.

Esta e outras celebrizaram-lhe os engrimanços potreiros num raio de mil braças, granjeando-lhe a incondicional e babosa admiração de Jeca, para quem, fino como o compadre, "home"... nem mesmo o vigário de Itaoca!

Aos domingos vai à vila bifurcado na magreza ventruda da Serena; leva apenso à garupa um filho e atrás o potrinho no trote, mais a mulher, com a criança nova enrolada no xale. Fecha o cortejo o indefectível Brinquinho, a resfolgar com um palmo de língua de fora.

O fato mais importante de sua vida é sem dúvida votar no Governo. Tira nesse dia da arca a roupa preta do casamento, sarjão furadinho de traça e todo vincado de dobras; entala os pés num alentado sapatão de bezerro; ata ao pescoço um colarinho de bico e, sem gravata, ringindo e mancando, vai pegar o diploma de eleitor às mãos do chefe Coisada, que lhe retém para maior garantia da fidelidade partidária.

Vota. Não sabe em quem, mas vota. Esfrega a pena no livro eleitoral, arabescando o aranhol de gatafunhos e que chama "sua graça".

Se há tumulto, chuchurreia de pé firme, com heroísmo, as porretadas oposicionistas, e ao cabo segue para a casa do chefe, de galo cívico na testa e colarinho sungado para trás, a fim de novamente lhe depor nas mãos o "dipeloma".

Grato e sorridente, o morubixaba galardoa-lhe o heroísmo, flagrantemente documentado pelo latejar do couro cabeludo, com um aperto de munheca e a promessa, para logo, duma inspetoria de quarteirão.

Representa este freguês o tipo clássico do sitiante já com um pé fora da classe. Exceção, díscolo que é, não vem ao caso. Aqui tratamos da regra e a regra é Jeca Tatu.

O mobiliário cerebral de Jeca, à parte o suculento recheio de superstições, vale o do casebre. O banquinho de três pés, as cuias, o gancho de toucinho, as gamelas, tudo se reedita dentro de seus miolos sob a forma de ideias: são as noções práticas da vida, que recebeu do pai e sem mudança transmitirá aos filhos.

O sentimento de pátria lhe é desconhecido. Não tem sequer a noção do país em que vive. Sabe que o mundo é grande, que há sempre terras para diante, que muito longe está a Corte com os graúdos e mais distante ainda a Bahia, donde vêm baianos pernósticos e cocos.

Perguntem ao Jeca quem é o presidente da República.

– "O homem que manda em nós tudo?"

– "Sim."

– "Pois de certo que há de ser o imperador."

Em matéria de civismo não sobe de ponto.

– "Guerra? Te esconjuro! Meu pai viveu afundado no mato pra mais de cinco anos por causa da guerra grande[4]. Eu, para escapar do 'reculutamento', sou inté capaz de cortar um dedo, como o meu tio Lourenço..."

Guerra, defesa nacional, ação administrativa, tudo quanto cheira a governo resume-se para o caboclo numa palavra apavorante – "reculutamento".

Quando em princípios da presidência Hermes andou na balha um recenseamento esquecido a Offenbach, o caboclo tremeu e entrou a casar em massa. Aquilo "haverá de ser reculutamento", e os casados, na voz corrente, escapavam à redada.

A sua medicina corre parelhas com o civismo e a mobília – em qualidade. Quantitativamente, assombra. Da noite cerebral pirilampejam-lhe apózemas, cerotos, arrobes e eletuários escapos à sagacidade cômica de Mark Twain. Compendia-os um *Chernoviz* não escrito, monumento de galhofa onde não há rir, lúgubre como é o epílogo. A rede na qual dois homens levam à cova as vítimas de semelhante farmacopeia é o espetáculo mais triste da roça.

Quem aplica as mezinhas é o "curador", um Eusébio Macário de pé no chão e cérebro trancado como moita de taquaruçu. O veículo usual das drogas é sempre a pinga – meio honesto de render homenagem à deusa Cachaça, divindade que entre eles ainda não encontrou heréticos.

Doenças hajam que remédios não faltam.

4. Guerra do Paraguai.

Para bronquite, é um porrete cuspir o doente na boca de um peixe vivo e soltá-lo: o mal se vai com o peixe água abaixo...

Para "quebranto de ossos", já não é tão simples a medicação. Tomam-se três contas de rosário, três galhos de alecrim, três limas de bico, três iscas de palma benta, três raminhos de arruda, três ovos de pata preta (com casca; sem casca desanda) e um saquinho de picumã; mete-se tudo numa gamela d'água e banha-se naquilo o doente, fazendo-o tragar três goles da zurrapa. É infalível!

O específico da brotoeja consiste em cozimento de beiço de pote para lavagens. Ainda há aqui um pormenor de monta: é preciso que antes do banho a mãe do doente molhe na água a ponta de sua trança. As brotoejas saram como por encanto.

Para dor de peito que "responde na cacunda", cataplasma de "jasmim de cachorro" é um porrete.

Além desta alopatia, para a qual contribui tudo quanto de mais repugnante e inócuo que existe na natureza, há a medicação simpática, baseada na influição misteriosa de objetos, palavras e atos sobre o corpo humano.

O ritual bizantino dentro de cujas maranhas os filhos de Jeca vêm ao mundo, e do qual não há fugir sob pena de gravíssimas consequências futuras, daria um in-fólio de alto fôlego ao Sílvio Romero bastante operoso que se propusesse a compendiá-lo.

Num parto difícil, nada tão eficaz como engolir três caroços de feijão mouro, de passo que a parturiente veste pelo avesso a camisa do marido e põe na cabeça, também pelo avesso, o seu chapéu. Falhando esta simpatia, há um derradeiro recurso: colar no ventre encruado a imagem de são Benedito.

Nesses momentos angustiosos outra mulher não penetre no recinto sem primeiro defumar-se ao fogo, nem traga na mão caça ou peixe: a criança morreria pagã. A omissão de qualquer destes preceitos fará chover mil desgraças na cabeça do chorincas recém-nascido.

A posse de certos objetos confere dotes sobrenaturais. A invulnerabilidade às facadas ou cargas de chumbo é obtida graças à flor da samambaia.

Esta planta, conta Jeca, só floresce uma vez por ano, e só produz em cada samambaial uma flor. Isto à meia-noite, no dia de São Bartolomeu. É preciso ser muito esperto para colhê-la, porque também o diabo anda à cata. Quem consegue pegar uma, ouve logo um estouro e tonteia ao cheiro de enxofre – mas livra-se de faca e chumbo pelo resto da vida.

Todos os volumes do Larousse não bastariam para catalogar-lhe as crendices, e como não há linhas divisórias entre estas e a religião, confundem-se ambas em maranhada teia, não havendo distinguir onde para uma e começa outra.

A ideia de Deus e dos santos torna-se jeco-cêntrica. São os santos os graúdos lá de cima, os coronéis celestes, debruçados no azul para espreitar-lhes a vidinha e intervir nela ajudando-os ou castigando-os, como os metediços deuses de Homero. Uma torcedura de pé, um estrepe, o feijão entornado, o pote que rachou, o bicho que arruinou – tudo diabruras da corte celeste, para castigo de más intenções ou atos.

Daí o fatalismo. Se tudo movem cordéis lá de cima, para que lutar, reagir? Deus quis. A maior catástrofe é recebida com esta exclamação, muito parenta do "Allah Kébir" do beduíno.

E na arte?

Nada.

A arte rústica do campônio europeu é opulenta a ponto de constituir preciosa fonte de sugestões para os artistas de escol. Em nenhum país o povo vive sem a ela recorrer para um ingênuo embelezamento da vida. Já não se fala no camponês italiano ou teutônico, filho de alfobres mimosos, propícios a todas as florações estéticas. Mas o russo, o hirsuto mujique a meio atolado em barbárie crassa. Os vestuários nacionais da Ucrânia nos quais a cor viva e o sarapantado da ornamentação indicam a ingenuidade do primitivo; os isbas da Lituânia, sua cerâmica, os bordados, os móveis, os utensílios de cozinha, tudo revela no mais rude dos campônios o sentimento da arte.

No samoiedo, no pele-vermelha, no abexim, no papua, um arabesco ingênuo costuma ornar-lhes as armas – como lhes ornam a vida canções repassadas de ritmos sugestivos.

Que nada é isso, sabido como já o homem pré-histórico, companheiro do urso das cavernas, entalhava perfis de mamutes em chifres de rena.

Egresso à regra, não denuncia o nosso caboclo o mais remoto traço de um sentimento nascido com o troglodita.

Esmerilhemos o seu casebre: que é que ali denota a existência do mais vago senso estético? Uma chumbada no cabo do relho e uns zigue-zagues a canivete ou fogo pelo roliço do porretinho de guatambu. É tudo.

Às vezes surge numa família um gênio musical cuja fama esvoaça pelas redondezas. Ei-lo na viola: concentra-se, tosse, cuspilha o pigarro, fere as cordas e "tempera". E fica nisso, no tempero.

Dirão: e a modinha?

A modinha, como as demais manifestações de arte popular existentes no país, é obra do mulato, em cujas veias o sangue recente do europeu, rico de atavismos estéticos, borbulha de envolta com o sangue selvagem, alegre e são do negro.

O caboclo é soturno.

Não canta senão rezas lúgubres.

Não dança senão o cateretê aladainhado.

Não esculpe o cabo da faca, como o cabila.

Não compõe sua canção, como o felá do Egito.

No meio da natureza brasílica, tão rica de formas e cores, onde os ipês floridos derramam feitiços no ambiente e a infolhescência dos cedros, às primeiras chuvas de setembro, abre a dança dos tangarás; onde há abelhas de sol, esmeraldas vivas, cigarras, sabiás, luz, cor, perfume, vida dionisíaca em escacho permanente, o caboclo é o sombrio urupê de pau podre, a modorrar silencioso no recesso das grotas.

Só ele não fala, não canta, não ri, não ama.

Só ele, no meio de tanta vida, não vive...

Impressão e Acabamento
Gráfica Oceano